学识几行

周学 著

江苏凤凰美术出版社

目录

自序

一入冬，我就开始不是太高兴了，做什么都没了精神，怎么都积极不起来。如果是以前，我是绝不会放任这种情绪蔓延的，而这一次，从未经历过的异常无力感，一切拯救都显得徒劳。为什么会是这样呢？不知道。那相当难捱的一段时间里，整个天气也都随着心情，闷闷不乐。我把这样的情绪解释给人听，你看优秀的人，大多是闷闷不乐的，每日都在思考社会发展和人类命运的题目，怎么能开心得起来呢？这很难自圆其说。那些把快乐带给周遭的人，终日挂着春风一样的微笑，他们就不优秀了吗？我没敢再继续往下想，它已经挑战了我认知的极限。

我是不肯放过自己的那种人，每天都有另一个自己在跟『我』

对峙，你又在想什么呢？还在荒废时光吗？于是一种强烈的压迫感会促使我，哪怕是擦擦窗台下的浮灰，都会让我踏实一些。这样的我是常态，不管长言还是短语，我都真实地把每天的我记录下来，起初是源于职业的自我训练，语言和行为是同构之物，表达、写作和阅读是可以互相生发。以读养写，以写养言，后来便养成了一种自觉，变成一种生存的需要，如同农民见到庄稼，苍蝇闻到鲜血。几乎所有散碎的时间我都在较劲，不会轻易任其放空，这种『我执』固然是不可取的。我想证明我与它们不是忽热忽冷、骤高骤低的欲求关系，而是建立了某种信仰的链接，每天不去想，就觉得缺了些什么，失魂落魄的。还有一种理由，我必须让我正视自己，用这种记录，剔除那些长在身上的粗鄙行为和荒唐念头。我想优雅地老去，花白的头发梳理得整整齐齐，干净整洁的外衣，肩膀上没有头皮屑，一根心爱的拐杖，可能还有一副眼镜吧，桌上一壶茶，书架上正好夹着这本集子，这本集子有我记录的过去。

每一日的揉搓，辑成一段段带着时光温度的丝绳，放在那个叫『过去』的筐里。直到庚子年立春，我决定要把这些散落的丝绳赶在换季之前，织成一件像样的衣服。我想既然是我的孩子，我应该为他取个好听的名字，这很重要，你看，我又陷入了这样的角力当中。『日迹』？这些文字的确如雪上鸿迹，既然飞过，那就还原他飞翔过的路线。『暖手』？这些文字如同我喜爱那些文玩，寸大的铜镜、手捻的核桃、盘熟的拳石，每一件都与我真实地相爱，真实地关照过我的心，用文字来慰藉它们，慰藉那些相处的过去。『缀辞』？将碎布头缀补成一件百衲，变无用成有用，有用吗？轰炸、雪崩、地震、洪水、流感、蝗灾、山火，甚至未被确诊，已经判了死刑的动物朋友圈，因为消毒液滥用，因为我们的不冷静，正在为下一场灾难，一锹一锹的自挖坟墓而不知。原谅人性，需要多高的智慧呢？心远地自偏？我们能做些什么呢？苍白的文字，真的一点用途没有，想到那些舍生取义的生命，心啊，便像是被扔进了失控的甩干机，水分被榨干，还在剧烈地旋转。悲凉，不会因为无视而消散，只有真实地直面它、记录它、理解它、尊重它。『呵冻』，起初最偏爱的一个名字，倒是很对应当下的心境。哈气成暖，嘘一口气将砚台里的墨汁溶解，古人的书信或是题跋时于结尾处常见，是以记录时节或掩盖潦草。想到了田野间劳作的农人，调整下一轮发力，会往拳头里狠狠地啐一口唾沫，挥起锄头便生出更大气力。地，得继续耕，不然没得吃。事，得继续做，不然没得过。日子还是要继续活，不然，不然怎样？

对，名字，应该更直接一些，既是作者的表白，更重要的是读者要知晓，你想说什么，自说自话，绕来绕去的，谁都会懒得猜。『学识几行』，我的心迹，文的白的，半文半白的，熟的生的，半生不熟的，就那么长长短短的几行字。想到王守仁的话：夫学、问、思辨，皆所以为学，未有学而不行者也。行，几行，几人同行？谁可与玩斯遗芳兮？长向风而抒情。或能做另一种解释？

昨夜惊雷过，今晨漫春雪。雨水在即，惊蛰不远。这一日世卫组织总干事谭德塞在记者会上宣布：将新型冠状病毒肺炎命名为『COVID–19』。南京没有出现新增病例。马斯克（此君是干什么的？之前我一无所知）宣布：已经找到了高效实现脑机接口的方法。具体说来，通过一台神经手术机器人，像微创眼科手术一样安全无痛地在脑袋上穿个孔，向大脑内植入一枚芯片，通过USB–C接口直接读取大脑信号，并可以用iPhone控制。发布会上，马斯克甚至难以抑制自己的兴奋之情，一度笑场。

作者于庚子年立春后一日于南京

会·心

聪明的人知道自己要什么，
智慧的人知道自己不要什么。
能够控制自己欲望的人，
某种意义上就是强者的表现。

不平则鸣

『任劳』是诚实，
能使多大力气就使多大力气。
『任怨』是敦厚，你看到，没看到，
我也这么干，
哪怕受了委屈，
也默不出声，
坚持自己的诚实。『不平则鸣』，
瞎喊是没用的，鸣得好。

「一位老领导曾经意味深长地跟我说：
学，你这个人正直、勤奋，活真的没少干，
就总觉得『任劳不任怨』，事都做了，没落到好。
我明白他的深意。」

辜负纸墨

人生四十，
骨肉往生寂寞长，
石麟天赐乐未央。
周而复始，生生不息，
不过熙熙攘攘，你来我往。
车行七万，才将旧痕施手段，
又添新疤徒叹伤，
路遥千里，东奔西忙。
始知不如意事，十常八九。

无声无臭

俾使内心不安涣然冰释，
日读十页助消尘烦，
抬头见『览卷冰将释，
援毫露欲垂』书轴，
颇有新获。

今日立冬

细雨催寒霜，西风染菊黄。
书生信古语，掀柜觅冬装。
一个字，冷。

感寄于抱

所谓情怀，
大抵是不计成本的任性。

借题发挥

狂傲是浅薄的代名词，
属于慢性病，
需终身服药，
即便时时自省，
偶尔病相泄露，
比如昨天晚上。

鱼关心水质，
同人关注社会生态同理。
还有一点，
学会与这个社会的负面情绪和平相处。

实相非相

接纳了生命的残缺，
也就看清了世界的嘴脸，
真实的面孔未必是你愿意看到的，
也许永远也看不到。
我相，人相，众生相，
寿者相，面孔即人心。

「逢小威先生人像摄影作品展。」

金声玉振

胡风萧月，
高岳琼林。

「金陵四书家林散之、高二适、胡小石、萧娴作品展。」

历久弥新

一本书的三种生命形态，
作者，把文字串成文章；
设计师，将文稿辑成图本；
直至读者捧到手中，
如一道茶，解渴，消块垒；
棒喝，祛睡魔，
完整了它的生命意义。
设计大师吕敬人先生的概括，
三者是剧本、导演、观众的关系。

「主持九届全国书展，《学而不厌》再获大奖，
与不远处的设计师老曲交换了一个眼神，
吕敬人先生把重要讲稿亲笔签名送给我。」

同心同书

千山望尽觅前踪，
妙法分明此两峰。
山下牧童倾接引，
从今耕事问融宗。

「主持牛首山书法文化主题活动。」

一派萧爽

秋帘深处秋弦静，
一分露气一分凉。

秋日即景

孤独未必落魄，落魄一定孤独。
记住该记住的，忘记该忘记的。
改变能改变的，接受不能改变的。

「南艺见鲁迅先生雕塑。」

孰重孰轻

只有做难事才会有所得吧，
轻车熟路是轻松，
难道不是重复吗？
真正的提高，
还是得经得起周遭的质疑，
听从自己的内心。

顶门一针

老骥失蹄腰坠，摧心剖肝裂肺。
幸得孙郎妙手，顶门一针疾退。

「永亮贤弟义诊上门，解我腰疾之痛。」

闳约深美

闳，为知识层面；约，为文化层面；

深，为精神层面；美，为灵魂层面。

『四十不惑』的内容，

在于时间？

时间仅是一个无尽的循环，

它真的不在乎单个人的荣辱盛衰！

我们在分辨现实、事实、

真实的过程中耗损了生命，

而在生命的每一段独白之中喟叹：
每个人都不易！
八十年代已然远去，
但他们依然怀揣着光亮的种子，
期待着继『七八级』之后的未来，
期待着那杂沓的、潮水般的、
无惧的青春脚步！

「南艺七八级毕业四十周年重回黄瓜园。」

瓜园记事

一去四千里，常忆黄瓜园。
迁客应无数，几人聚花前。
艺术人生和自然人生大致相同，
从稚嫩、成熟、老辣、
平淡形成了一条生命弧线。
引吭高歌和寡言低语无高低区别，
人的品性往往在春风意气和秋霜落寞时才显现本色。

「南艺七八级美术系同学作品展。」

相观观象

结社多高客，
登坛赋新诗。

「相观·南京平面设计师联盟
成立廿周年作品展。」

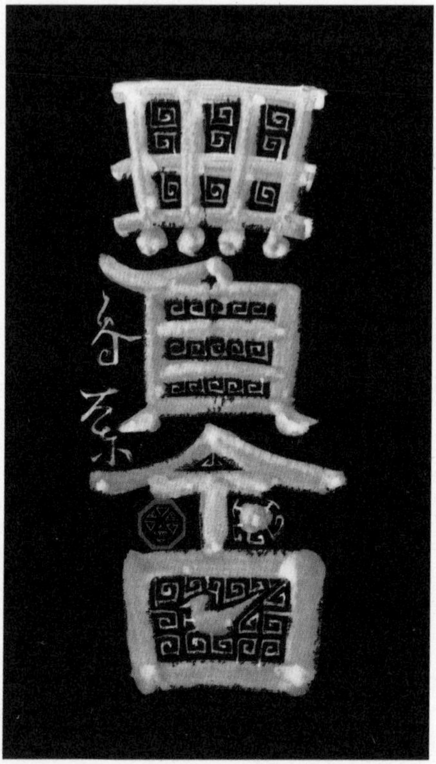

君惜少年

壮而怠则失时，
少而不学，
长也无能。
年无废月，
月无废日，
日无废时，
不可蹉跎。
梁启超先生有语：
无负今日，
无论壮少也。

生若尘露

那是一架飞机从眼前飞过？
原是一只蚊子，我半睁开眼，
调整一下平躺的姿态。
蚊子加足了油，
藐视着从我的上空呼啸而过，
愿你一生幸福，
我垂下傲慢的手。

人生如寄

『看夕阳，看秋河，
看花，听雨，闻香，
喝不求解渴的酒，
吃不求饱的点心。』
周作人的酒和点心，
无用，多余。
只为生活的享乐，
少即是多，
简单却不平凡。

古道热肠

把每一束来自乡里的注视集合起来，
可以完整地拼凑起自己青涩的卷宗。
沧州，最应该有底气的地方，
因为生于斯，长于斯，
亲情的宠爱，友情的依赖，
乡情的牵挂。
最不敢有勇气恰恰也是这里，
因为敬畏，惟以报效救赎羞耻，
惟以赤诚坦然相对，
言有尽，意无穷！

「沧州美术馆 风雅颂大讲堂。」

惟此避暑

衔得梧桐一片，
中有无限秋风。

「人民币贬值，房地产征税，黄金？
据说特朗普要搞成普通商品。股票？
你还有信心？转移资金？地下银行？
你试试？合理配置，买点艺术品吧。
十竹斋拍卖预展。」

蓝芩清瘟

病如虎，身似猫，
涕长流，体温高。
无眼耳鼻舌身意，
无色声香味触法，
口口阿弥陀，
就是发烧。

金陵雨景

碧池旧叶成锦鲤，
小院梅雨若珮珠。

「听雨。」

对号入座

你看乐的繁体写法『樂』，
上面加一个草字头，
便是『藥』，
中草药的『藥』。
音乐如同食物，
或根本就是食物，
不会有人拒绝。
即便偶尔听到，

如同疗饥，

心的空落得到了照顾，

音乐本就可以疗疾的吧。

每一支旋律奏响，

我都会仔细窥探台下观众的反应，

走心的唱，

走心的听皆因为饥饿吧。

「纸上跨山岳，梦里诗几行。

纯白的思念，深蓝的忧郁，

浅黄的怀念，一首歌温暖一座城首季发布会。」

心灵交换

启迪，升华，改造。
还有觉知。
公益只是帮助别人吗？
借帮助别人来拯救自己，
在利益众生的同时，
净化心灵，成就自我。

「用艺术教育影响自闭症儿童，
美术治疗作品巡展。」

花下打盹

人之所以为人者，言也，
人而不能言，何以为人？
语言的力量有多大，
一言令人笑，一言令人恼。
一言兴邦，一言丧邦。
当我意识到『言值』的力量，
临睡前好一阵懊悔，
今天说的哪些话不恰当，
过了，还是没有表达清楚，
会不会引起对方的误会呢？
下次我该如何修正或者认错？

「南外仙林分校公益讲座。」

制心一处

懂得管理情绪的人是智慧的，
领先了容易情绪失控者一大步。
当事情不如意时，
选择冷静总是没错的。

四月人间

人生悲喜正如台上戏，
起起落落，
直至离场，
戏，也就落幕了。
一出戏，
浓缩人生在世数十年。
流水潺潺，
懂了戏，
与岁月成了朋友，
也就懂了自己，
爱上了生活。

君子之交

古人论交道，
动辄曰性命交，
道谊交，
至今日难言之矣，
曰势交，
曰利交，在所不免。
外此则有文字交，
当属雅道。
下此则有谈宴饮食之交，
酬应形迹之交，

又有狎邪嬉戏之交，
更有逢迎诿谀之交，
则皆非益交，
一朝失势委而去之无疑矣。
然欲一概拒绝又势所不能，
惟能识得真，
又当谨修边幅，
虽与往来，
可不致受其大累，
故君子慎交为处世第一要。

我思我在

生命的意义只能存在于人类心智的架构内，
不在外面某处，
而是在我们的身心处，
我们是宇宙对自己的省思。

「生命有意义吗？在这脆弱珍贵的世界里，
我们的存在有何来由吗？究竟活着的意义为何？
思考的意义为何？作为人类的意义为何？
甚至探讨现实本身的极限……生命的意义为何？
全由你来选择。」

何谓信仰

不惟有超世之才，
亦有坚忍不拔之志。
读许倬云，犹念此句。
不安于宿命，
不乱于凡情。

「借询问，佯装熟悉的假象，
趁机插队排到你前面，
这与公然抢夺你的时间和空间有何二样？
无敬（羞）无畏（耻），是时候谈谈信仰了。」

环滁皆山

绿水青山知有君，
白云明月偏相识。

「元月二十日，薛亮先生春来俏，
卫军兄林彬兄兰园雅集，
修平兄青绿小品高风雅韵，
卫新兄携友问山，南京设计联盟新年百思会。」

春风如笑

堪叹连年添白发，
朗吟春风仍少年。

「香江小住，发型懒得打理了。」

人生得意

一片，二片，三四片，雪纷纷；
五杯，六杯，七八杯，酒醺醺。

「喝小酒，飘大雪。」

同学少年

散学捕鸣蝉，归来弄纸鸢。
一去三十载，听雪忆少年。

「北方叫发小，光着屁股长大的，
身上几个痦子都门清，
更别提那些荒唐的糗事。
童伴发来几帧旧影，何时拍的？
已然忘记，初中吧？」

活泼泼地

梁启超先生说：
人要是没趣不如死了算了（我的理解）。
原话大意是说『梁启超』这个东西是趣味主义者，
倘以化学成分分析，
去掉趣味剩下的是零。
古人早就说过无癖、无疵不可交也，
说的也是没趣味的人没意思。

「与有趣的人，对话『明式家具与生活美学』。
张金华，《维扬明式家具》一书作者，
先生到现在也弄不明白近一米长的大烟竿，
中间的孔是怎么钻出来的；
邓彬兄，中国金缮第一人，拆出构件，
摊开给你看匠人的巧思，
点线面如何协调视觉的节奏，
披灰的工艺如何协调温湿度的关系。」

橙心橙意

没有阳光，就看不到任何颜色。
温暖，力量，收获；
艺术，公益，教育。
难忘的生日，重新开始。

「是日，主持『心之翼』公益慈善晚宴，正是生日。」

秋日望乡

膝下蓬蒿陇上风，往程长使泣重重。
别辞不忍对空镜，影镜君颜恍若逢。
身若金刚心自融，乃文乃武称豪雄。
山肴百乘酤千盏，黄土一抔草一丛。

「仲秋月圆夜，思念父亲。」

何来孤独

不论是力所能及，还是不及，
想做好一件事情不易，
坚持做一件事情更难，
坚持的过程多半是伴随着寂寞，
差一点就是孤独。

雨洗新秋

漫道秋来雨，
高卧心独清。

求其友声

雨读晴耕，湖山清风，
书院外漫山红。

「婴鸟——嘤鸣读书会被封后的新号，
守住口，护住心，你在蜕变，
长大了。」

织为七夕

每次清零，都是为了寻找下一次的开始。
真得很感谢他（她），
一直以来对我的纵容和支持，
任由我去放飞梦想，做自己喜欢的事。

抬头见喜

九月清和烹白茶，邀来喜客筑新家。
星塘老屋枝头闹，鹊羽嗅过嗅桂花。

「喜见窗外鹊成双。」

耳濡目染

耳濡目染，不是耳听眼见，
而是耳朵被润泽，
眼睛被感染，
不知不觉当中就会了，
迷迷糊糊就明白了，
没有那个具体的『老师』就自通了，
花开了。

看见未来

未来是下一秒，是明天，还是更远？
未来可以看见？正因为无可确定，
才令人期待吧？

红衰翠减

凉风衰鬓秋气味，
晴空落木旧时光。

「湖边散步。」

欲坑难满

『坑』，凹下去的地方，
莫说是别人给你挖的，
更多的是自己给自己挖的。
绕过去是智慧，
掉下去爬上来是修行。

光景常新

清醒直须做事，
糊涂无妨读书。

「读着有点累。」

人生无常

看尽人间花开落，
此情悠悠竟为何？

「惊闻同事车祸罹难，
悲从心起。下班回家路遇一白猫，
纠缠一路。」

我写我口

爱好由来落笔难，
一文千改始心安。
九十分钟，
笺纸五页，
秃笔一管。

药到病除

仙医有如武郎中，
格物通典累年功。
紫英撷自杏林院，
禳我骸形呗美哄。

「医家武建设兄赠良药。」

笑而不言

自是秋来暑散尽，
寻常巷陌又逢君。

「还是昨日那一只，
半路无尽缠绵难舍，
今日又见，满眼陌生。」

余霞成绮

掠眼繁华六朝梦，
花开陌上云幕低。

「旧都晚景。」

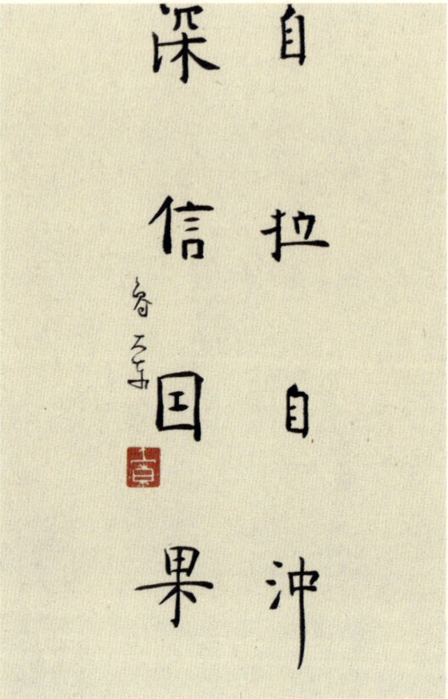
自拉自沖
深信因果

满眼青山

自拉自冲，深信因果。

「猪八戒偷吃西瓜，被自己扔的瓜皮连摔了四个大跟头。让小朋友在这样的睡前故事中开蒙，即知因果报应，到底是件好事。禅宗不立文字，各宗传诵祖师言行及内省的经验，并记载于灯录中。比如，柏子树，吃茶去。定山寺男厕墙上有语。」

仙家日长

双脚泡到盆里，
一天最华丽地谢幕，
睡前才算圆满。

「习惯在这个既短且长的时间里想一些不算无聊的事，
发发呆。新结识了一位叫冯错的兄弟，
微胖且柔软的诗人，很有才情，字写得也好。
香港回归廿周年的体恤图案『霍元甲』出自秦修平兄，
修平本就是练家子，估计接下来的销售不会错。
德基广场的团扇展搞出了动静，合作方，
艺术家都满意，『艺事荟』真的站住脚了。
下到一楼，忘了是否关门，再回去七楼，
如此方才安心，事情太多，估计接下来眼睛就快花了。」

永丰舍里逢夏至，
梧桐荫下闻书声。

「中山陵有读书处，名永丰社。」

春郊试鸢

才乘一线凭风去，
便有愚儿仰面看。

「第一次放风筝，竟然飞上去了。」

金陵有雪

午醒偷闻碎玉声，
几行绿萼浅妆成。
山前暮雨山中雪，
横笛数声伴驿程。

「雪，如约而至，
先是山上落脚，
接近傍晚城里已是疾风挟中雨，
赶着下班回家的车如星河川流，
喇叭声此起彼伏。」

城南旧事

梧桐落尽逐秋色，
尽是城南旧相识。

「老门东漫步。」

一清二白

你约我，是重视我，
实在是难以分身，请多谅解！
我一直不敢约您，
是敬重，的确是公务在肩，
不敢丝毫懈怠，
崇尚守时、守则，唯恐爽约，
辜负您的器重。
打食，打尖，打盹，打工，
打拼，您看，一个『打』字，
便是要使出浑身的力气！

凄凄满怀

对于死亡，
因无知而无觉，
因有知而惶恐，
因看穿而悲凉。
坚定地活在今天，
有了这个念头，
天还没亮，
我的嘴角已经挂起了微笑，
不管晴，雨，还是霾。

「姐姐发来信息，初中同学陨于车祸，
说实话，那时我们那么亲密，
我却记不起他的模样，所有，终将逝去，
淡忘，归于平静。」

琉璃厂里看琉璃，
皇城脚下将身栖。
漫说花凉秋雨劲，
心闲好做宽处居。

「京华一日，琉璃厂保安室，
勉强一人腾挪，壁挂『宽心小屋』一纸。
想那保安，冷眼翰事云烟，耳热名利流川，
墙书不知出于何人手笔？」

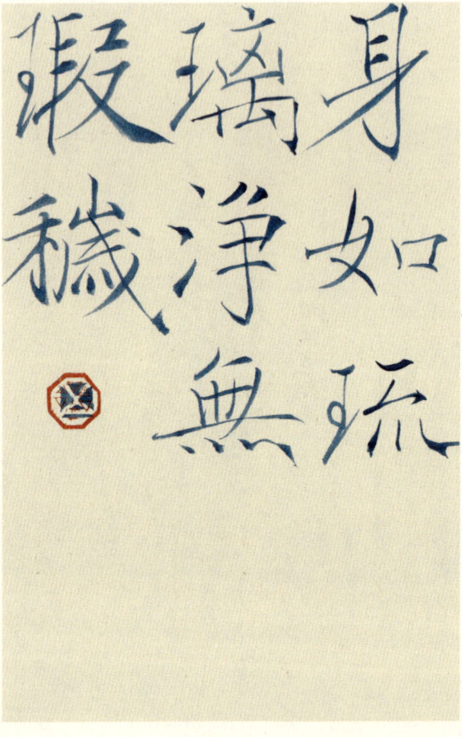
身如琉璃淨無瑕穢

明净琉璃

用境归心，观像会心，
见像起信，愿我来世，
得菩提时，身如琉璃，
内外明澈，净无瑕秽。

「过剩、过烂的信息，
是被科技下了咒语？
急着表达，忙着过活，
如廉价的口香糖，
没多大的意思。」

天地渺茫

交易，用货币换取自己想要的东西。
而有些是再无法换回的。
比起商场里攒动的人流，
医院的人气毫不逊色，
前者的对话是测算着信用卡的余额，
换算代购、网购哪个更实惠？
换取一己或他人的欢喜。

后者本质应该是救赎，
丈量的是生命的余期，
商量该不该把结果，
把怎样的结果说出更无痕，
到底不是交易，
无法刷出时间。

蜕变重生

什么可以永恒？
我当然明了这是个相对的概念，
思想，艺术还是？
我时常会羡慕路旁的那株大树，
特别是经历了一场悲喜过后，
黑夜或者白昼，
俯瞰流水一样的人群，
如潮汐涨落，眼见的兴废，
既不笑也不哭，默不作声。

周而复始

往来寒暑一岁复一岁，
无间冬夏已亥接戊戌。

四十三获

四十有三，中午倘不能小憩三四分钟，
犹毒蚁噬骨，神情恍惚，心力难逮，
之前绝不敢想象。
以一周为尺，做日程详尽铺排，
必誊抄纸端，置于案头，
凡应允之事，勿需督促，视作分内，
必竭尽所能，惟此，事心无愧。
痴想举重若轻，往往临渊履薄，
千金拨四两。试做减法，
无论人或事，凡勉强、虚假，必不苛求，
短信再一再二，
一去不复，必再不叨扰。
无缘之人，无聊之事，无稽之谈，

尽量清空，最不喜察人脸色，
拱手回赠。
轻易不借钱予人，
若为救急，救命量力施赠，
情谊禁不起钱财检验，借出去是情，
收回来往往是恨。多与有肝胆人，
情趣相契之人相交，
坦诚以待，以心相见。
少说话，忘情于沾沾自喜，
沉湎于自以为是，深知言多必失。
大话小说，重话清谈，
长话短说，废话不言。
如此，坐销岁月，悠游人间！

道是平常

层层入诗境，
步步生莲花。

「乘梯，见老妪抗莲花一束，
作持荷童子状。」

春如四季

鸟，羽过无痕。

天，闷闷不乐。

临渊履薄

惟博索以远溯，
集雅颂乃雄深。

「南师大王波教授邀我于金陵女子学院作分享，
仓促上台，心有戚戚。」

红尘纷攘

这个世界每天都有新的东西，
登高楼俯瞰这城市阑珊夜景，
叫人怔怔。
一场不散的宴席上，
堆着流水的灵魂，
日日夜夜热闹非凡。

吾以观复

同一件事情，有人可以做到极致，
有人只能凡庸。性格，性，
源自天然，基因传承。
格，则来自后天文化养成。
常说的性格使然，大抵如此，
却也没有切中命门。
享受创作（造）的过程，
最是说明问题，做得好，
或不好，抵触或投入，
结果完全不同。

又能如何

不按常理出牌的节奏才叫日子。
你的妥协，
顺从和讨好，
在对方看来，
也许只是一个字：贱。

幽怀在己

风吹开了花，花在等着风，
说好的温柔以待，怎一夜便失了方寸，
让人忍不住猜想，是风听说了什么，
还是夏与花通了信……

莫不静好

谁道钟期已没，
巷口桑榆相扶。

「小区门口见老夫妇。」

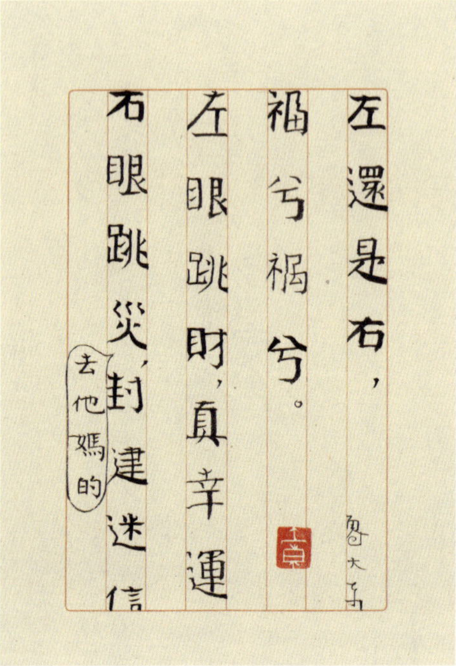
左還是右，
福兮禍兮。
左眼跳財，真幸運
右眼跳災，封建迷信
去他媽的

左思右想

左还是右，福兮祸兮。
左眼跳财，真幸运。
右眼跳灾，去他妈的封建迷信。

「国人的信仰文化。」

向阳生长

开学第一课，
愿我们像孩子一样好奇，
孩子一样思考，
孩子一样说些傻话，
孩子一样，提一些傻问题，
孩子一样得到宽恕。

月澹春深

一叟一箫空渺渺，
如风如鹤泣呜呜。

「小区遛弯闻长者弄箫。」

驹田疾行

一个对生命有饥饿感的人，
做什么事从来没有羁绊，
吃饭就忘情地吃，
弹琴就忘情地奏，
画画就忘情地画，
生怕再没有下一个机会了，
因为简单所以深刻。

「主持驹驹新作展。」

为学日益

I am not fighting to approve I am right.

谦卑而执着，
羞涩且无畏。

「每读铭句，心生惭愧，
见贤思齐，及时为学。」

水云之间

所谓脏和净，
是成人思维，
越是长大，
对周遭事物的辨识力愈强，
烦恼与障碍愈多。
这个是君子，
那个是坏蛋；
这个能做，
那个不能做；

这个是黑的，
那个是白的。
孩子的眼中是没有脏净之别的，
放下屁股就坐，
拿起来就吃，
眼中就没有『沙子』。
赤子之心或有一解，
看不到对方的不好，
眼中无是非，
便是自在人。

牧童遥指

没有一种生活是不委屈的，
只需认真做好你自己，
一切自有安排，
有时候要向孩子学习，
刚才还是雷霆雨露，
一转脸就笑了。

开玩笑的

嘴上说『我是开玩笑的』，
多半都是认真。
认真的事，多半都不能太认真，
不然它准会跟你开玩笑，
比如睡觉，躺在床上睡不着，
靠在沙发上，开个玩笑就睡着了。

无事即福

所求随缘，
则心无挂碍。

「今日得静坐片刻。」

花开有时

人，是否也有保质期？
有的话，是从何时开始变质的？
五岁还是十七岁，还是？
今日重忆此句，颇有深思……

他们所有的努力都用于如何表现，
表现如何。
用以掩盖无能和胆怯，
用以邀功和推卸。

淡水之愉

经验若同老茧，怎会有一见如故？
老茧若同经验，怎会有桃花潭水？

芝草无根

用不了多久，那些沉默的树，
冷静的指示牌，
忽然闯入的转向灯，
迫切而臃肿的货车，
终将甩开你，
目送你进入下一场拥挤，
要么慢一点，
要么，远一点。

长芦纳凉

既在清凉地，
便生清凉心。

「主持长芦崇福寺纳凉消夏雅集，
明知山有雨，偏向雨山行。
是日，活动过半程，暴雨骤然而至，
无常是正常，正常必无常。」

大千食界

本华叔，说：
人生就是在无聊和痛苦之间钟摆。
痛苦的时候追求满足，
满足以后进入无聊，
无聊之后寻找刺激，
然后形成痛苦，
再然后呢，
又开始循环。
总之，吃饱了撑的。

苍龙凌波

扪涉历阶携栉沐，
疾风骤雨两相扶。
一从惜别峰林后，
自此迢迢念暮途。

「涵碧楼见孤松捻句。」

虚而待物

『假』，
包括虚伪，
当事人往往不自知，
好比整容，
自己以为很美，
很享受，
别人只是不说出来。

汪伦送我

同道，人与物，缘于情相投；
同道，人与人，缘于意相合。
能有共同志向，相互激发，
相互倚重，同向，同行，
还需同心，才能称之为同道。
善哉乎鼓琴，巍巍乎若泰山。
善哉乎鼓琴，洋洋乎若江河。

草木际天

感觉还没有开始，
就结束了，今夏，
像是瓶里的花，
孩子的假期，
鬓角的发……

卑己自牧

价值跟里程、
油耗没什么必然关系。
『古人自牧愈卑，
品愈高；
今人自视愈高，
品愈卑。』
服务态度决定你的价值。

白云孤飞

悼先父四周年，
于故乡。

玉茭已矣枣初红，
稗草凄凄倚北风。
六月花神秋月寞，
荣枯无意究归空。
（其一）

蝼蚁尚知来处路，
雏莺唧唧唤归丛。
我叹稗草衾帏冷，
稗草怜我白发生。
（其二）

一念之间

心是居其位，
只在一念间；
天堂变地狱，
地狱变天堂。
（英国诗人米尔顿）眼耳鼻舌身意，
色声香味触法。
世界是自己用感官系统创造自己的实相，
一切只取决于自身的感官系统，
世界是什么？
是内心信念于现实的投射。

言由心生

会不会说话，
今人界定为情商高低之标准。
见人说话，大抵是练达；
而见人下菜碟，则是势力。
前句是善的力量彰显，唯恐误伤。
而后句则是恶的成因作祟，
几近谄媚，
再欺软怕硬。
最好的状态应如这般修行，
他们内心柔软，

懂得悲悯，
懂得体谅，
更懂得宽容和忍让，
愿意用真心和善良，
去温暖别人脆弱的心灵。
他们又足智多谋，
颖悟绝伦，有自己的是非观，
懂得用语言的技巧，
用情绪的操控，
去维护自己的底线。

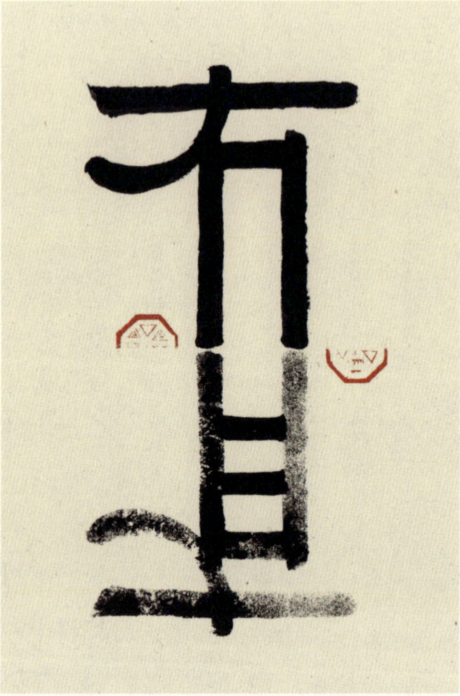

快意人生

筷子折了，
韩冬说，
再快就折了，
你慢点。
我说，
要抓紧，
再不抓紧推进就折了，
就『冇有』饭吡了。

越过山丘

友问何谓阅历？
阅，近乎知。
行，近乎历。
阅是平面的，历是立体的。
有阅，而无历，如知而不行。
始知，一语不能践，万卷徒空虚。
人常说，某人有阅历，
那是伤痕累累结成痂，
磨成了茧，病成了医，
碎成了诗，伤成了歌。
是吃过，见过，伤过，痛过，
也怂过，怕过，
最后嘛，一笑而过。

中秋家书

飞机高铁，网络手机，天涯变咫尺。
距离的压缩，相聚更容易的时代，
冲淡了分离之苦，
稀释了思念之情。
这个时候，
我们需要一种文化的仪式感，
为团圆写下几行家书。

「高铁南京站，主持中秋家书活动。」

殊途同归

路，
一旦熟视便觉乏味，
陌生又长出新奇。
上了这趟车，
聚会或是告别，
希望可能失望，
开场也许结束。

深以为然

你不要介意哦，
我只是随口说说的！
如果有人对你这么说的话，
你会不会真的介意呢？
对方的随口说说，
基本上潜藏的是试探，
伪装，缓和，安慰，
可以理解为都是实话。

运河往事

一条大运河穿城而过，
如同象棋里的楚河汉界，
把小城一左一右，
分成了河东河西，
过桥有如走进巷子深处朴实的烟火人家。
靠近大清真寺的一段河沿叫『石王八』，
那里曾沉下一只驮碑的赑屃，
至少是明代以前的，
凡下过水的，都摸到过。
我出生在这里，运河的岸边，
小孩儿们偷着到『石王八』游泳，

用指甲盖划出道道来的，
就挨打，我从没挨过打，
因为我不会游泳，
坐在河沿边上给同伴们看衣服，
并负责通风报信。
风土人情，
可以拆开来理解，
河上的风，岸边的土，
迎面走来的『陌生』人，
停住脚步马上可以熟络起来的情。
一切都未变，
一切又都变了。

伏藏天地

累了，倦了，
我的天哪。
痛了，惨了，
我的妈呀。
其出弥远，其知弥少。
自身没有知识基础而依赖于向别人索取，
所获越多，
疏漏越多，
迷失越远。

行在途中

默观红尘频兴叹，
聊对残阳作卧游。
相见时少，
别时多。
一句再见，
十之八九难再见。

远近相安

浮迹攘熙皆是客，
时光流转两相宜。
何须避世灵山下，
半在村家半近篱。

「口占一首。」

意在山林

西人萧伯纳有言：
世间最不行的是读书者。
因为他只能看别人的思想艺术，
不用自己。
古人说：
百无一用是书生。
观察最重要，
脑子里不能给别人跑马。

拈花一笑

聋人就说炮不响，
盲人就说灯不明。
瘸子说：
炮也响，灯也明，
就是大水冲的路不平。
聪明的人对待问题，
不是找借口，
而是想办法！
从这个人身上我学到很多。

世间爱语

多余的话应尽量不说，
可以不说的话应留在心中。
体贴之心，温柔之话。
即道元禅师所说的爱语，
在与人接触时，
若总能持有一颗体贴之心且用温柔的语气说话，
那么你说的这些话便是爱语。
一时痛快，一人痛快，
都是爱商不足。
所谓刀子嘴，必有伤人之心。
随便说说，不要介意，
此中必有真意三百两。

我有嘉宾

诗文三百传天下，
今人重识古沧州。
《诗经》的赋比兴建构了东方美的文学标准，
风雅颂里更有家国天下的社会图景。
《毛诗》最早在沧州创生并流传，
以古人之规矩开今人之面貌。

「传承与传播——中国《诗经》文化研讨会，
全国各地的诗经文化研究专家济济一堂，
共话沧州的诗经源流。」

光景西驰

两个旋钮，
右边的迟钝，
时间长了，
人们便习惯性地选择放弃。
左边的，
无法拒绝地承担起另一半的责任。
直到有一天，
它因为劳损，
将由新的零部件替代。
像极了人生，
那句怎么说来着，
去者余不及，
来者吾不留。有些伤感。

缘感秋风

你终究会愈加善良，
所以那些因没能守护好善良而犯下的错误，
在未来的时间里，
会时常跳出来折磨你。

好，
也是孩子气，
坏也是。

沉默是金

愚蠢的话，
总在雄辩和浪喜之后，
失控于自信的嘴巴。

崇福佳荟

一叶长芦偈，高言悟本心。
祈禳垒梵塔，崇峻诵玄音。

「为长芦崇福禅寺复建十周年庆征集义拍作品，制作崇福号普洱茶。感谢各界师友襄助加持！」

贵在天真

九二能缣布，四三劬学声。
问儿何所养，一切复真诚。

「周庄赴年会，见一老妪，
耳不聋眼不花，纫针缝补毫不马虎，
问寻秘籍，复曰：自然。」

有害健康

你突然发现周遭，
是一个极不靠谱的世界！
你越是靠谱，越是受伤，
积攒起来的若干杯鸡汤的量，
可以泡个澡给自己做个大保健疗伤，
再贴上一片创可贴，提醒自己，
变化，才是这个世界的日常。

长夜孤灯

做好两件事：
一是在身体里重燃你留下的信念之芒；
二是按照你的期望，
尽可能纯粹，尽量不世故。

晋江游记

泉壑多奇木，济源曰瑞桐。
碑苔生古檗，涧藻藏琳宫。
千眼瞻星合，茅庵倚阆风。
子孙劬葺理，万石叠成虹。

「与管峻兄、阎揆兄、
克服兄、石磊兄同游晋江安平。」

如切如磋

经得住考问的思想，
才能称之为思考。
如同琢磨，琢，是出型，
给出大致的轮廓、形状，占七成。
磨，则是细节。
只琢不磨的思想，是半成品，不成器。
远离已有的生活半径，
弹出的远一些，反观现实，
好比震荡之后的沉淀，
也是思维最好的瘦身。

莫失莫忘

与现实拉开距离，回头望一望，
才能看到哪些才是真正的重要。
这是旅途带给我的思考，
不敢相信，
这个微胖子猝然离世，
翻出二年前旧影，
好像昨天，不堪一击的中年。

「悼陈钟兄。」

久逢知己

最能提升学习能力的方法论是引发兴趣，
最宜融洽友朋关系的黏合剂是志趣相投，
最可消解慢散时光的提香法是半杯普洱，
都是七〇后，
坐下来慢慢叙，
慢慢续，慢慢绪。

「『书法身份与文化立场』书法论坛前夜，
京华，与言恭达、黄惇等数位七〇后长者茶叙。」

聚沙成塔

我曾想，倘若释迦，
老君，穆圣，
耶稣几个人坐在一起，
会是怎样场景？
他们一定是谦让的，不争的。
世间唯一种信仰，
那就是『大爱』。

「长芦崇福禅寺祈福法会，慈善晚宴，
晟师邀来翁虹小姐、港姐周美凤等香港朋友
齐力襄助盛事。与对的人在一起，恰如春风
入座，周体通泰，澄澈安详，
你能时时接纳到温暖的力量。」

海内知己

所有的误解，
都源于表达的不对称。
你认为是花，
他以为是果，
你以为无须多言，
他觉得有言在先。
越来越觉得，
丑话说在前面，
适当降低期望值，
是智慧。

又少一事

做人啊，
一定要知道个眉眼高低，
当止则止，该收就收。
太多的惨痛经验警诫我们，
过，则不祥。
多，则溢出。
深，则流血。
能放，不是本事，
能收，才是大本领。

「揆兄自京华拎来房山柿子四枚，
悬于书房清供，一枚熟透自落。」

百代过客

苍颜白发，
颓然乎其间者，
太守醉也。
欧阳修自称『醉翁』，
不过三十八岁。
老夫聊发少年狂，
东坡先生写『密州出猎』时也就四十岁。
前日，一位一九七一年的兄台，
恳切地望着我问，

学兄，
您是六几的？
我说与友人，友体恤，
也许人家是看你节目长大的，
再或处于尊重。
这算是安慰吗？
不会聊天，
害死人啊，
想想伟大的前贤们，
释然了。

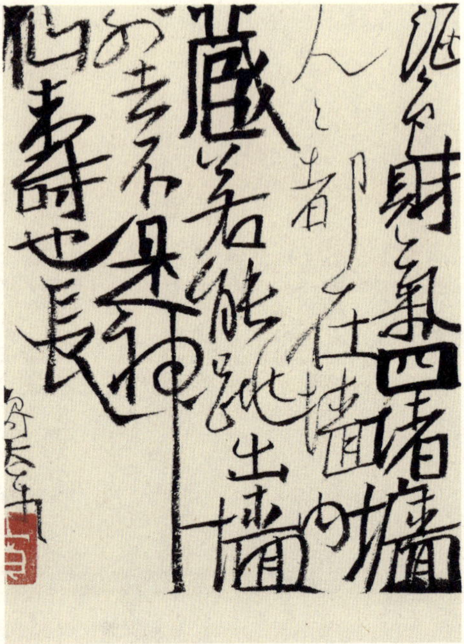
酒色财气四堵墙
人人都在墙内
藏若能跳出墙
外去不是神
仙寿也长

八宝前街

酒色财气四堵墙，
人人都在墙内藏，
若能跳出墙外去，
不是神仙寿也长。

「等过红绿灯，一位阿姨冲上来，
我认出你是谁了，天天看你的新闻。
扶阿姨过斑马线，一路聊。阿姨坚持每日步行，买菜不用推车，
比母亲大一岁，血压控制得很好，只吃半片药。
我问为什么？适量运动，保持好心情，从不生气，
作别时赠言四句。」

涤秽布新

三分春色二分愁，
风也飘飘雨也萧萧。

检视光景

年末，
盘点的时候。
最大的幸运是依然在做自己喜欢的事，
没有人强迫。
而所做之事，其本亦如初心，
这个城市需要烟花，
也需要烛光，需要酒肆，
也需要书房。
需要圣诞树，
也需要明镜台。

不生不灭

年关，年关，
犹如路口、坟场、手术室，海边。
再也拽不回来的时光，
此时会生出叹惜。
想做到问心无愧，不难。
做到处处圆满，不易。
可以为善良理屈词穷，
也可以为正直哑口无言。
继续做你认为对的事情，
用平常心，
活出平常的日子。

不觉四四

生之所生当思来处，
心之为心善护正念。

「生诞日于栖霞寺吃斋饭」

仰天以敬

机遇是什么呢？
若一只神鸟衔来一粒奇花的种子，
栽在花园，
植在路边，
弃于溷轩，
其命运大不相同。
或见路边一株柏木，
甲以为烧柴，

乙以为造船，
丙以为入画。
今日承机遇之果，
是前人所造之因，
而今人如何善待机遇，
亦是为城市未来所造之因。

金装玉裹

国人对于『箱子』有着与生俱来的好感，
但凡好一点的东西，
总是要弄个盒子，
宝匣、柜子装起来，
除了安全、仪式之外，
另外的隐含则是，
藏，神秘，
或者本身就具备『此地无银』『欲盖弥彰』的表达。
因为旅程的需要，

人们多了一种可以随身移动的箱子，
行李箱，无纺布，塑料，
轻型铝材，真皮等等，
物随其主，通过一个箱子，
大抵能够判断出主人的『装』的是什么，
是用来装『东西』的，
还是用来『装』东西的。

「高铁所见。」

保养到期

敷衍总是能被一眼看穿，
你应付生活，
生活也只能应付你。

长歌当哭

江海寂流客，
风雪抱薪人。

「悼李文亮医生。」

前湖春漾

庚子立春后一日过钟山前湖游记三首。

一丛蒹苇几重花，湖色粼粼日夕斜。
雀影穿林巢归去，不知宛啭出谁家。
（其一）

百里朱墙十里晴，忽闻春至客心惊。
阶前碧藓二三点，林上黄莺八九声。
（其二）

钟岭浮云变古今，东风吹水寄穷吟。
汉津瘴疠惊寒暑，长出吴钩同此心。
（其三）

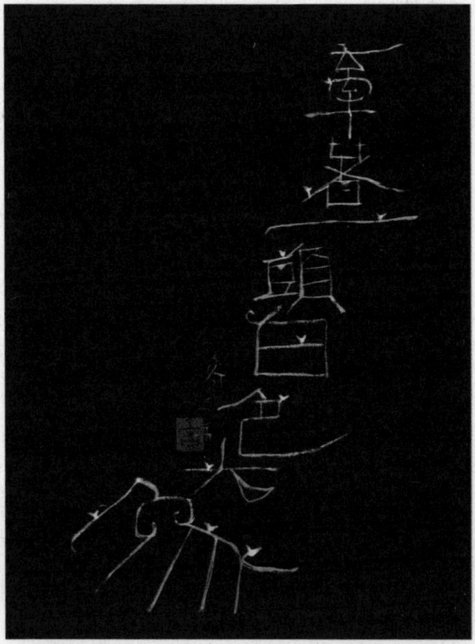

至·味

恭默守静

知行和缄默，
不为外人道，
总有洞鉴，
是谓内力。

辜负纸墨

一管持在手，蚁鳅遍地走。
眼高心如豹，手低胆似狗。
公孙叱夜郎，苏米狮子吼。
孰认颜或柳，休论生与熟。
吟诗拜薛蟠，习字比阿斗。
技痒驱睡魔，弥香胜樽酒。

「习字，打油。」

谁家玉笛

坐觉江湖老，
漫散遣秋心。

「遛弯儿。」

科巷佳味

草鸡蛋现做蛋糕，
山楂树快捷酒店。

「科巷菜场见招牌成联句。」

右手持酒杯，
左手持蟹螯，
拍浮酒船中，
便足一生矣。
与萧平先生、
陈卫新兄蟹逅，
话蟹，
画蟹。

飞羽孤云

摇落那堪乡思急，
归去长河叶叶黄。

「乡贤田云鹏绘《秋韵图》，
己卯一九九九年，时已调至
河北卫视工作。」

话蟹画蟹

秋风乍起，此物横行。
第一位啖蟹勇者何人？
版本林林总总，其实已不重要。
从螃蟹端上餐桌那一刻起，
这个家伙也爬进了文人的书房，
入诗，借题发挥；
入画，假物言志；
入锅，打醋解馋！
小小一只闸蟹，
慰藉了饮食男女的味蕾，
也成全了一个叠加起来的文化符号，
蟹螯即金液，糟丘乃蓬莱！

京腔乡韵

不知乡在何处，怎道愁留几许？
两位乡贤南下，
弦一操，嗓门一撩，
哎哟，那就是运河边的乡地，
运河边的乡情。

平安喜乐

栖心何处悉慰十方世界，
祛魅当下同祷一岁平安。

「贺岁撰联。」

多事之秋

心静即声淡，
其间无古今。

「立秋日，揆兄赠扇，
老家的话，立了秋别欢喜，
还有四十天热天气。
国事要论，匹夫之责，
日子得过，坐看云起。」

问风何从

人常说一扇在手，
气节风骨伴身。
人要问了，一把扇子何以能现气节风骨？
冬藏夏出，时令明显，
谓之『气』，
有架支撑谓之『骨』，
扇骨由竹制成，
谓之『节』，
扇子摇动，有风拂面，
谓之『风』。
这可不就是气节风骨吗？

心心念念

好的生活急不来，
念念不忘的那些，
值得回味。

松风水月

最繁华地一闲客，
是夜深处数鸣蛙。

「观沙曼翁砂壶图。」

金陵夜宴

后主（李煜）吃不下是怕丢了江山，
老韩（韩熙载）吃不下是怕丢了性命，
老顾（顾闳中）吃不下是怕丢了饭碗。
中国人的宴会，
排场越大越有深意，
想想就怕。

「吃夜宴。」

高枝长鸣

熏风吹入户，
高梧报新声。

「新得和阗籽料蝉形扇坠一枚。」

一枝花影

恍闻骤雨至，
静观龙蛇行。

「读林散之先生墨迹，『笔落惊风雨，诗成泣鬼神』语出杜甫《寄李十二白二十韵》。」

闲房安谧

沈诗任笔皆入画，
宁日静时不随流。
沈宁作品中的沉郁最令人着迷，
因为整洁缜密又显得冷逸而深邃，
讲述故事让步讲述手法，
谁不会讲故事呢？
任何时代从不缺少故事，
而缺少会讲故事的高级段子手。
屏蔽社交，幽居独处，
收敛锋芒，知足保和，
这就是沈宁目前的生活状态，
像庄子笔下栖落在高梧之上的飞鸟，令我羡慕，
学不来。

往往茶后

戒酒少言，
烹茶看花。

「前句住嘴，后句养心，
近来常念此句，酒后茶歇，
裁一片纸，请铁元兄书成。」

大方之器

十圓不抵一方，
紫砂壶以『素器』为上，
又以方器为最。
汉方壶圆中寓方，
方中寓圆，雄浑肃穆，
中正素洁，有堂皇汉风气韵，
是紫砂壶中典范之作。
汉方式盛行于乾隆年间，
此壶选用紫泥细料，

壶身施以『铺砂』工艺，
壶体较一般常见款略大，
壶底钤『荆溪华凤翔制』。
华凤翔以汉方壶式名世，
可谓实至名归，
有钤反印作品传世，
可资比较。

「瞻园古玩城觅得汉方壶一件。」

家有一老

不是所有老物件都能称为古董，
如吉利和宾利之于汽车，天壤有别。
老行当，老手艺，
活态传承下去是个世界难题，
毕竟一个时代产生一个时代的文明和成果，
一旦保护即意味着濒危，

一旦保护性开发利用，
即如同手中木偶。
有胜过无，如何保护，
如何传承，如何利用，
取决于一个民族的文化心态。

「首届江苏老行当文化艺术节。」

不逊白雪

所谓流派，
一种经典样式，
或以个人领诵行业，包前孕后；
或以群体协奏时代，
百代风流。
个人，如梅尚程荀之于戏曲之岭，
颜欧柳赵之于书法之峰。
而民间雕刻如南北大菜，

只有模糊的区域概念，
如京作、苏作之于明式家具；
中原、藏传之于金铜佛像等。
他们以集群发力的方式，
双手舞动船桨，
缆绳勒进臂膀，
喊着铿锵的号子，
跋涉到领奖台的最高处，
民间雕刻艺术最高奖获得者——徽派！

旃檀香海

造像艺术何以今人无法超越，
甚至接近古人？
一说信仰，因为信，
可以不顾一切，舍生忘死。
一说工匠，因为爱，
可以不惜工本。
技近乎道，
其指向仍是精神层面。

功利心，
是塑造美、发现美的天敌，
一旦为伍，即以恶魔同舞。
古代造像价值的第一标准，
美，再品相，
然后尺寸、年代。
聊记。

「嘉德拍卖预展。」

平生無憾事
唯一愛女人

邀风盼夏

『自古英雄多好色，
好色未必真英雄。
我虽并非英雄汉，
唯有好色似英雄。』
年轻时代张学良，
确实是个多情种，
曾自诩：
『平生无憾事，
唯一爱女人。』

「修平我兄赠扇一柄，多情女郎一枚，
背题『邀风』，忽忆张氏晚年旧句。」

贵在诚素

栖集麟德之庭，
纵得昆季相乐。

「锐庐小坐，白茶一杯，
香烟三支，观主人挥翰数行，
得良言一方。」

春色几许

园上快雪时晴，
境中溪山行旅。

「园境·园林写生作品巡展。」

十竹新谱

没骨赋浅彩纸短情长，
前尘续新谱见字如面。

「国家艺术基金项目
《十竹斋笺谱》复刻作品展与研讨。」

冬不辞秋

银杏之于金陵的深秋，
有如迷迭香之于米其林的牛排。

临帖有感

学书如种豆，
习字如削瓜。
削好容易，
写好太难。

可以净心

春风一松手，
玫瑰就跑到五月里去了，
追不追？

「暮春，可园的花开的正浓，红的、粉的，
思骏兄说那一支淡紫色最可人，
只顾着赏花忘了合影。
卫生间墙上竟挂着『关良』，
催人尿下的震惊。
乃瑜兄抄录湘云的句子挂在工作室，
做客晓征姐寓所。」

凝望半亩

当前瀑水三千尺，
不必天台有石深。

「清凉山萧平开坛，
纪念龚贤诞辰四百周年。」

安住自心

无论任何状况下，
都要照顾好自己的心，
保持内心的平稳与安定，
即是心灵的健康。

「于右任书，雪莱句，
冬天已经到了，春天还会远吗？」

花下打盹

七荤八素大吃一『金』，
千山万水『鱼』『筷』人生。

「菜中有金箔，筷架为鱼状。
与陈卫新，阎揆兄老门东晚餐所见。」

别有洞天

到处溪山皆洞境，
抛洒红蚁酹春风。

「一家名叫 cave 的西餐厅，
查了一下是洞穴的意思。」

阳羡佳人

从来佳器如佳丽，
可叹老颜胜新颜。

「今人无论眼界，工具等条件胜古人不知几倍，
东西越做越精巧，跟老东西一比就是差一口气，
差在何处呢？文化？
古代很多匠人未必识字。
手段？工具，时间，今人多不偷懒。
无名利负累，
心无旁骛地专注，近乎信仰的虔诚。」

安源有展

一切景语皆情语，
几树春声复心声。

「安源兄百花皆情语展览。」

活泼天机

问，鱼养得不错，
怎么我养的总是死翘？
答，得换！
问，换水还是食？
答，鱼。

「朝天宫古玩城遇孙欣有获，
龙泉窑『水指』，茶道蓄净水之器。
『火照』，试窑之小样也。」

莫欺春风

白头种松桂，
早晚见成林。

「紫金山书房内曾挂一自撰联，
嘱铁元兄以铁线篆书，
『窗前培兰植桂，堂内养性修身』。
栽芽若养性，时时可栽，养性如栽芽，切切小心。」

中年刚需

松解勒在心里的懊悔和羞愧，
从深夜到清晨，
每次习惯性地醒来，
习惯性地塞上耳机，
习惯性地将自己淹溺在那些听滥的包袱和掌声里，
像是襁褓里的婴儿哭着嗅到奶香。
那些可以稍微引发思考的分享、讲座、鸡汤，
只会加剧清醒。
每个人都有驯服自己的方法吧？
你的办法是什么呢？睡睡平安。

传神阿堵

撒尿玩泥，不问主题，
即便没有接受过专业训练的孩子，
一团泥巴也能抟出意外，
此天性使然。
除了天分，
每个人都具备摄取、提炼、
成像的能力，
手段可以是线条，
图画、语言、文字等，
成像是否高级，
那就要看个人修养了，
高级的标准即是传神。

品逸十方

品逸出云汉，
椽辉照十方。

「逸庐书院李双阳兄十人展，
江苏广电荔枝艺术馆。」

花疏影清

路崎无碍幽客至，
独伴诗人到夜深。

「坐等，赏花。」

朱漆留春

何人丹漆器，
贻我双美具。

「获明菱口漆盘一对，欢喜！」

抱瑜握瑾

朝晖散漫的天空与水面倒影，
用暖红色的笔调铺陈，
渔船悠闲地泊在水面上，
几笔淡墨晕染点出船的倒影和氤氲朦胧的树木。
画面右侧的岸上则是一幅时代的场景，
成群结队的劳动者，飘扬的红旗，
在岸边引领观者的视线。
中景远景的山脉树木以『抱石皴』写就，
破笔散锋豪放落笔，
再加上画面局部的小心收拾，
使得画面大处气势奔放，小处精细入微。

「江苏省美术馆见傅抱石佳构『芙蓉国里尽朝晖』。」

连山缀语

此心随物化，
烟际织杉松。

「本草文创工作室徐雷兄处所见。」

福往福来

壶以『字』贵，指的是款识，铭文。款识，当然是名堂，名家。而好的铭文，契壶，契茶，契意，契境，除装饰手段之外，往往提升一把壶的文学气质。『器堕于地，不可掇也；言出于口，不可及也，慎之哉。』出自陈鸣远传器。

「南艺后街见清中期紫砂器一组，于器底撷一佳句——芳名归于尚友，名，亦可为『茗』，契乎本意。」

心云俱开

堂上三千珠履客，
瓮中百斛金陵春。

「诗仙李太白一生来过多少次南京，
为何而来，今人不得知。
但是，这位谪仙人专为南京创作的一百多首诗作当中，
引用『金陵春』『金陵酒』之频繁，
为历代历家中之最。」

家学渊源

馅要紧，顺时针打，口感要领。
面要软，软面饺子硬面汤。
皮，要边薄中厚，
南方的饺子是捏，北方手法是包，
准确地说是挤，
双手虚握，拇指和食指用力，呈元宝形。
初中开始，基本上家务活都由我跟姐姐倒班，
一、三、五，姐姐刷碗，
我倒炉灰，隔周二、四、六，再换班。
母亲说：你可以不做，但必须得会。
这些煎炒烹炸的本事于是就长在我身上了。

餐霞萦喉

闲来勤吐纳，
清心却昼眠。

「电子烟枪不见，遍寻不得，急！」

雪岭行吟

输却诗翁驴背上，
微吟行看玉芙蓉。

「大雪将至，品宋画《雪岭行吟图》。」

为雪白头

但得画中趣，
哪知门外寒。

「金陵大雪，印象中如此体量二〇〇八年曾有一次，
昨夜至今时窗外依旧。」

有幽客至

有钱买陶罐，
无力写静姿。

「爱花，不会侍弄，辜负了事小，
糟践了性命事大。
幸有友人收留，一番修整，
悉心呵护，每逢花期送至书房供我赏读。
每有花来，似儿女慰藉孤老心。」

路遥马力

南山有鹿啮丰草，
庐中见性唤同槽。

「秦修平为正明兄撰鹿，学抻纸在侧。」

自由生梦想，
孤独出精神。

「茶人陈剑兄自云南来，出句。
对曰，饮酒知豪气，
泼墨见风骨。」

唧唧催寒

枕下伴诗吟，
阶前闻素秋。

「七桥瓮花鸟鱼虫市场请来大黄蛉一双。」

六一快乐

小儿未解江湖事，
厌闻书声爱鼓声。

「徐乐乐有小儿擂鼓图。」

园静茶香

相逢柳色还青眼，
坐听松声起碧涛。

「岚园邀坐，帆兄点茶。」

桃源仙境亦可代言，
清净世界谁不解脱。

「酒店见马桶盖贴，竟有代言宣传招贴。」

戏如人生

一岁一枯寒，一去一世残。
一梦醒来，恍如隔世。
人生短？其短，亦不短。
老戏骨，大戏台。

「王亚民与陈佩斯、杨立新再次携手来宁，保利大剧院《戏台》。」

一叶知秋

阶前梧叶知再会，
草木摇落莫相思。

「茶人叶子寄来茶漏，
『叶子』状，正是霜降，
叶落成茶，以叶滤叶。」

多在僧家

流传千万代，
各结佛家缘。

「壶虽新确有古意，
曼生墨迹殊为难得，
本长的葫芦喜欢，
陶都宜兴与王翔兄访壶家王强，
不见强兄，见佳器。」

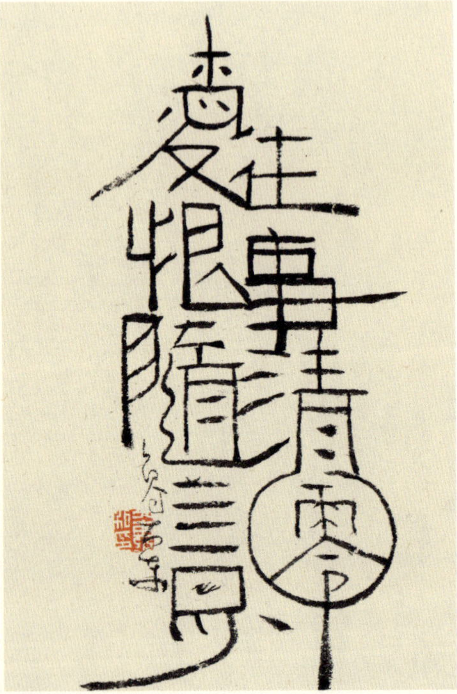

嘉福永受

雨时听雨，
晴时赏花，
往事清零，
爱恨随意。

此时无声

翩然一佳客，
误落色尘间。
虚室有余座，
炉氤风正闲。

「一不知名的天上来客，飞入书房。」

井下无二

内痔外痔，
好气通下水；
修锁换锁，
办证换纱窗。

「旧寓楼道见满壁小广告。」

丁山烟雨

黄姑娘黑老虎，
杯中茶窗外风。

「黄姑娘，一种风干的浆果，
来自北方；黑老虎，
清代碑拓诨号也。」

觉迷是病

卧看文书琴枕头，
粗饱饭安居可休。

上河觅古

有文兼有质，
宜暑又宜寒。

「运河岸古玩店小获，
清代菱角三颗，大不盈寸，
葆浆醇厚，轻若蝉翼，
质如紫檀。」

无想有色

无思无想静听花开，
不悲不喜坐观风至。

「未见山等候陈卫新兄。」

胜似春光

雨过天青云破处，
这般颜色做将来。

「宋官窑洗，二亿六千万元落槌。」

天工锦盒

怀惜之恩，
物焕芳华。

「中国盒子工作室，
与沈刚兄不期而遇。」

借茶当酒

秋斋煮贡芽，
蟹眼水中花。
何以慰辛劳，
还来喝点茶。

「老孟、石磊二兄自京华下旧都，揆兄炙茶，武迪摄影，谈笑解忧，生饼祛疲。」

麟儿弄笔

最怜天然姿，
青绿久已识。
小儿勤弄管，
泼野写疏枝。

「喜见麟儿捉笔。」

食砚无田

胸有丘壑写残山，
补句。

「『食砚斋』宋玉麟先生斋号，
语出『家无寸田食破砚』一句，
寻不到原诗。」

浣洗清秋

一夜萧瑟无落叶，
陶壶相对吐秋丝。

「独饮，茶。」

灵谷素面

日出读青莲，
日落听松风。
禅心擀素面，
清夜数流萤。

「灵谷寺，胡瑞强薇的素面，
想到了张艾嘉的那一碗粥，如果我只有一碗粥，
一半给我的妈妈，一半给你。」

金陵美食

蔡澜先生说：

人生的意义在于吃得好一点！

看看南京人一年四季都在吃些什么，

就知道生活在南京是多么幸福的一件事了，

百花春满园，宫灯凤尾虾，葫芦美人肝，

复兴炖生敲……佳肴美馔，

令无数『吃货』垂涎三尺，

引万千『馋客』为之折腰。

南京菜的特点是什么呢？

简而言之，口味醇和，

咸淡适宜，兼容并蓄。

一道菜的口味大抵就是一座城的气质吧！

整顿慵闷

此时情绪此时天，
无事小神仙。

「南方六七月份成熟果实何止梅子，
还有李子、桃子、荔枝。
而这说来就来的雨，偏偏因梅子而得名，
究竟还有什么说法，不详！
打雷了，也该打盹儿了。」

山林曦照

读书养气，
扫地焚香。
清风起兮池馆凉。

「林曦自京华寄书来。」

城市农耕

芒种积阴凝雨润，
菖蒲修剪莫蹉跎。

「人贱我偏爱，闲来锄旧须，侍蒲。」

墨印成双

云水乡思连广宇，
满腔逸事信天游。

「双阳、成军双个展，
两个七〇后，一书一画，
同是淮安人，同为兵哥哥。
今日小满，物致于此小得盈满。
同学少年，玉树芝兰。」

闲情以畅

若菩萨通达无我法者，
如来说名真是菩萨。

「入藏北齐青石思惟菩萨雕件一尊。」

锅者迷茶

茶是南溪嘉木芽，
吟清涤虑笔生花。
锅士得此安养法，
有事没事喝点茶。

「揆兄弄茶，我打油。」

无非过眼

你认得他，他自然认得你，
或你虽认得他，无奈囊中羞涩，
只得作罢，收藏是毒药，
惟好好学习，努力赚钱！

「上海荣宝斋拍卖，郭若愚旧藏，
汉式瓦纽竹根雕印章，印纹『学周』，
反过来『周学』。叹佳物天赐，憾失之交臂。
是日，友人出示战国铜玺，
印纹『徐乐』，欲献于金陵徐氏，奈何难入乐乐法眼。
旧物存玩味，无计年岁，何人所制，
何事所为，何人所有，审美终是第一位，所谓各花入各眼。
至于朝代更迭，递藏辗转，或竞于市，或出于土，
或传于世，因缘总在不经意间，
所谓无缘对面不相识。」

可惜失群

下联，一帘花月读南华，
拙补上联，半床竹影书北海。

「弘毅山房偶见竹簧对联半屏，
工巧文隽，落款蒋浩明，身份不详。
百度上联，其一，几只鸿雁留寒影，
其二，数声羌笛传清角。」

取舍大道

雕塑，
雕为减法，
塑为加法，
加减取舍大道。
技法全部被气象所掩藏，
品察到的只剩下感染，
过目不忘。

「看雕塑有所获。」

无妨戌度

『戌度』，初识，
以为是『虚极静笃』。
窗外桂花树，近百年的树龄，
隆重的开，寂静的香，
不用说，这是旧都一年中最好的时节。
好时光，不妨拿来虚度，
不虚度，到真是虚度了。
戌时，十二时辰中七点到九点，
傍晚时分，静待启幕的时候。
戌度，
大概是这个意思吗？

八面来风

偶见石门品贤兄晒出羽公新作二帧，
『改行』，『听评书』，
题以荒芜先生旧诗，
『不求形似求神似，
气势淋漓笔墨灵。
一往情深随处有，
八面来风静坐听』。
如同食客嗅到滋味，

味蕾舒展，馋虫蠕肠，
下了飞机旋即前往瞻仰！
涉阶而上，心自默念，
或能邂逅师母？只一分钟，
师母姗姗而至！
一别经年，
『小鲜肉』已然『叉烧包』，
师母嗔怨，
眼里还是十年前的怜爱。

「石门访色未央画廊。」

读以致用

何为用？用于何？

读，

最大的妙用是可以换一个角度重新看待问题，

或至少暂时避开问题的锋刃。

『文学和科学相比较，

的确是没有什么用处，

但是文学的最大的用处，

也许就是它没有用处。』

莫言先生如是说。

我以为：读书，大抵是为自己做错事，

寻找合适的理由。

秋来寻艺

志存云物外，
文出袖怀间。

「访工艺美术大师葛志文。」

我梦沧州

裴先生说：
见到『沧州』两个字，
说不上来的亲切，
是简体的好？
还是繁体的好？
见到『狮子』，
打心眼里就喜欢，
卷毛的好？还是散发的好？
回到老家感觉年级就小了，
辈分也乱了，熟悉的，陌生的，
不知道该叫什么，
我梦沧州，便想到沧州梦我……

对蟹思酒

昔人对竹思鹤，
今人对蟹念酒。
蟹，
白石老人入画，
大石（唐云）先生进口。

「纸端憔悴客，
深渊看浮沉，
赏怀一兄新作。」

稚子放鸢

蔡琴的歌如唐诗，
徐小凤的歌似宋词，
邓丽君犹如元曲。
百岁画家晏少翔评价流行音乐如是说。
我以为老人的画，
如田园牧歌。

往往醉后

半杯老酒饮风来，
一樽桃香度余生。

「与友吃酒，酒是桃叶渡。」

饶益有情

难得糊涂得自在，
无负今日负江山。

诸事可盘

盘，
就是不迎不拒，
不悲不喜，
不疾不徐，
不刻意更不强求。
盘的是岁月，
磨的是性子。

梅妆疏影

癯仙，冰魂，
冷蕊……同样是花，
能拥有那么多的昵称、别号，
真的是令花辈们嫉妒死了！
梅花的体香要你靠近她的肩膀。
暗香，冷香，幽香……
对，
就连香气竟也是如此别致。
姑苏城有香雪海，特别有画面感，
初春的金陵梅花山就是那片海。
愿乞画家新意匠，
只研朱墨作春山。

心迹双清

人不可俗，
但又不可不随俗，
此中斤两惟在自家掌握耳。

「津门大儒龚望先生鸡颖书。」

诗能下酒

输与仙禽诗兴好，
满身香雪看梅花。

「冯文凤、陈小翠合制《雀梅图》。」

有凤来仪

变极人间算有泪，
幻无醒梦总如烟。

「凤先生为中国现代著名心理学家艾伟作《罗汉图》。」

野叟清供

器古得真趣，
心清闻妙香。

「朝天宫古玩城觅得阳羡陶罐一件，
好不欢喜。」

青山不老

品茶看花，老来之福。
别无他求，余愿已定。

「沙曼翁先生《清供图》。」

悦读时代

万物生长耽美暖意，
读书万卷莫负春光。

「主持第二届南京书展。」

山外斜阳

清供，古人追求『器为人用』的理念，
是无情之物变为有情。清供之『清』，
是清雅不俗的物件，
古代文人将情感与志向托物于花果及摆设，
使之成为精神的寄托与人格的化身。

广陵佳话

总是江东事，
千秋自可图。

「主持扬州书画三百年国际学术研讨会。」

春露朝华

喝上一口明前茶，
一年才算真正开始。

对月披书

满眼游丝兼落絮，
红杏开时，
一霎清明雨。
浓睡觉来慵不语，
惊残好梦无寻处？
检书如健身、如调弦、如研墨，
边做减法，边梳思绪，
生出新机，
洁齐清朗如窗外的春光。

游心于淡

曾见纸本存笔意，
裁下云岫做扁舟。

「雨花石中有此画意。」

开卷有益

闲卧枕书，
遥看稀星数点。

「承傅国兄之命，
与李晓愚教授录制《领读江苏》。」

著手成春

尺牍书疏，千里面目。
一函四卷，
二百六十六位名贤，三百九十二通信札。
徐徐展卷，一时朗月在抱，新桐初引，
如见书斋伏案，若白云、河流，
联结一座山与另一座山。

「《明代名贤尺牍集》新书发布暨学术研讨会，陈振濂、何国庆、萧平、黄惇、孙晓云、程章灿诸先生一时在座。」

左宜右有

艺术，常与生命连接在一起说，
我经常怀疑锁在柜子里的那些纸张，
怎么就成了艺术品，
或者是不是艺术品呢？
如此，艺术品，
应该是艺术家下的一个蛋？

能继续孵出小鸡来的就是艺术品？
艺术品与艺术家能不能完全剥离开去解读？
能还是不能？
那么，那些不具名的唐人写经，
裸露在荒野间的石刻，
自闭症孩子的涂鸦，
它们的作者是不是太委屈了呢？

「经典拍卖王晓磊兄约稿，想到朱新建，再浮想其他，已亦不知所云。」

乐在其中

眠琴处，晚春时，

学在侧，乐未央。

「徐乐乐先生作品展，

南视觉美术馆。」

焦山叠秀

腾飞兄的展，
名『叠』，
想到金陵名食『老太叠元宵』。
和好的馅，
投进江米粉铺设的『婚床』里，
层层叠上去，
类似工笔画的三矾九染，
慢工出细活，
有的磨呢，急不得。

「主持焦腾飞的工笔画展览，清凉画馆。」

残句犹珍

青花留短句，
残石做尺笺。

「逸空间偶见一只青花盘子，
上有『一色杏花香十里』句，
石质背光残件一片，字画双面阴刻。」

阶坐闲论

山中烹茶，
锦上调弦。

「卫新兄新巢，锦上艺术馆。」

珠规玉矩

欲知平直，则必准绳。
欲知方圆，则必规矩。

「得汉规矩镜一面。」

花语江南

芒种，
也是送花神的日子，
满园的玫瑰、
芍药、鸢尾、石榴，
各花入各眼，
不到园林怎知春色如许。

「朱仁民先生，
潘天寿外孙，猜不透，
把不住的采访嘉宾。
刚摘了梅花的单雯小妹载誉归来，
首次亮相。狮子山下，
孩子们的歌好极了！」

端午吉祥

物各有性，
水至淡，盐得味。
水加水还是水，
盐加盐还是盐。
酸甜苦辣咸，
五味调和，
共存相生，
百味纷呈。
物如此，
事犹是，人亦然。

止观元年

少群居，
多独宿；
多收书，
少积玉；
少取名，
多忍辱；
便宜勿再往，
好事不如无。

「京华大生兄寄来《中国书房》第五卷。」

偷天换日

偷闲。偷什么都得还，
惟有属于自己的时间，
偷了自己的，还用不着还，
心里既不惶恐，也无负罪感。
捡漏儿，捡什么都不是你的，
惟有捡漏儿，拼的是眼力和经验。
没那个本事，漏儿摆在你面前，
你都捡不起来。
梅雨已散，旧都溽暑难耐，
古玩行萧杀一片。
想得太多没用，偷闲多读书，
关键的时候，
或许能捡个漏儿。

座有兰言

架上人间烟火，
放任神仙脾气。

「与窦煜兄话绘事。」

日用指明

有善言无善行，
如花园满草荆。

「偶见清末旧本《日用指南》一册，
宣统元年，一百一十年矣。」

薛门亮相

诸相非相层峦叠嶂，
无情有情莺飞草长。

「主持薛亮先生师生展。」

启程寻宝，
得宝物归。
一如人生，
真正的宝藏在于，
旅途良伴。

半耕半读

诗人韵事听流水，
农家日常晒伏姜。

掬水而饮

仙客拥石去，
童子抱卷来。

「德化窑童子一尊，解吟、伴读、煮茶。」

欲说还休

我偏爱那些有故事要说的『东西』，
那些故事潜藏在纸张的褶皱、
把手的包浆、
铜钱的皮壳里，
将微小的线索织补起来，
实在是考验人的细致。
有时也像是精力难以集中的孩子，
对着摊满了整床的『拼拼图』，

生自己的闷气。
就在渐渐失去耐心时，
顺手拾起一片局部，
瞬时又明朗起来。
成人的心和孩子的心，
在这一刻没什么二样，
直至整幅拼图大功告成，
那种满足感无以言说。

十二时辰

有风，有茶，有话说。
少虑，少酌，少人知。

鹭岛夜曲

结伴安禅地，漫游白鹭洲。
披云罗影散，风籁一时收。
薜荔慰行劳，篔筜撑作舟。
心焉蓑钓客，半世且从头。

「夜游厦门得句。」

一苦一甜

捧出红心添书韵，
错将黄瓜认苦瓜。

「公交车上，见一中年男子手挎竹篮，
中有黄色果实，若琥珀斫成，状如苦瓜，
男子释曰：赖葡萄。一菜一果，原为伯仲，
本草有录，同科同属。
十块钱四枚，书房作清供。」

一任天真

良宽和尚圆寂，
整整五十年后，
另一个高蹈而超然的灵魂诞生了。
毕加索说：
我十四岁就能画得像拉斐尔一样好，
之后用一生去学习像小孩子那样画画。
他讨厌的，也是良宽和尚讨厌的。
实际上，长了良宽和尚十岁的陈曼生，
早就说过，凡诗文书画，
不必十分到家，乃见天趣。

如如不动

托奉一千年，
相视咫尺间。

「请来唐六方经幢一尊，
五面篆有心经二百六十字，
一面为线刻供养人着长袍捧一舍利函。」

正声法音

祛除三毒，
惟存一念。

「十七世纪法螺，
上有万咒之源『嗡阿吽』三字铭，
又称金刚诵，持诵可断除贪嗔痴三毒，
远离八万四千烦恼。每念百万遍，
于螺身斫以圆形饰点，
经年赞诵，遂呈纹饰之美。」

栽石养心

垒旧砖筑须弥座，
葺窄院种太湖石。

「小院栽老石。」

赏花养眼，
至乐读书。
众中少语，
无事早归。

笔墨生涯

世人谈水墨戏曲人物，
必绕不开关良、
马得、韩羽，
排个辈分，
量量尺寸，论个高下。
前几日到大伟兄的『湘菜馆』吃饭，
才大体搞清楚湘菜和川菜的区别，
对于外乡人都是辣，
怎么个辣法？

终不得要领。
九华饭店与郃老，
大小二熊，老陈酒后闲扯，
偶翻一册一九九八年出版的《高马得戏曲人物画集》，
件件精彩，
方知平日所见尽是伪作臆造，
老爷子画的是真好！
良公，是理中见趣。
马得，是趣中见理。
韩羽，兼理兼趣！
都辣！

尺素芳华

鸿雁来，
纸短情长。
相见欢，
露白风凉。

「十竹斋笺谱重刊答谢品鉴会。」

瓜园轶事

三人行必有我师，
两位，一个是董欣宾，另一个是朱新建。
年轻时的杨春华画了一张山水，
请董氏题跋，
『学董尚可，学朱不行』。
我问：朱老师知道后，
没什么反应吗？
理解不同，朱新建既在意董的评价，
也对题语不作任何表示，哈哈一笑。
刚做过白内障小手术的杨春华老师说：
她存有一方朱新建刻的印章『大快活』，
那是朱新建一生的追求，
也是他水墨人生的真实写照。

一尘不惊

同样的曲儿，
同样的字儿，
确是不一样的味儿！
『菲版』庆生曲为什么好？
最近一直琢磨，
好的作品看不到技法，
却不代表没有，
经典传世之作自然大美，
如流淌的水、
静开的花，
不着雕琢的痕迹，
既熟悉又陌生。

梨乡的秋

橙黄橘绿秋意思，
风清月白旧时光。

「秋阳，秋雨皆是秋，
一夜骤降十度，夏已远。」

可以栖迟

仙家何所至，
路疑落凡间。
折下簪头凤，
饾版作画笺。

「路边见小小蝴蝶。」

宁境之声

一声声，一更更。
万事万物的底色，
都有馥郁的声音。
一段声音，
即便相隔，
千山万水，
叠叠时光也会让您准确判断，
这个声音来自哪里、这个声音背后的眷恋情往，
这个声音大海星辰中的风情万种……

人生几何

器成何止千捶，
期遇维系一钧。

杯汝来前

竞渡，
竞渡，
倾尽七十二度。
停箸，
停箸，
卷去三荤二素。

姑苏有约

起一袭台风，
说来就来说走就走；
学三分智慧，
遇方则方遇圆则圆。
困顿源自压抑，
颠覆因着妥协，
平行起于觉知。
『十八号台风』送走，
俊舟兄水墨展十八号平行而至。

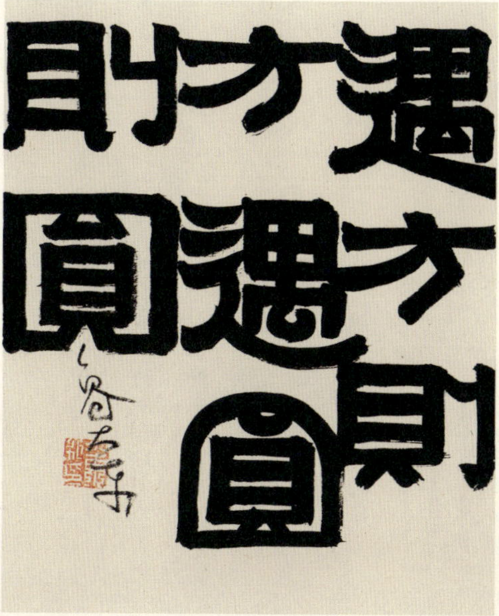
遇方則方遇圓則圓

凤凰向上

日子的开始，
没有裁判的发令枪，
如云似水随时都在发生。
文学的妙用，
抵不过口罩，
却可以关照慌张地心。

「凤凰二十四小时读书分享会，
驰兄命我做主理。与晓映、老曲交接班。」

本为口忙

仲秋，
蟹逅。
画案上，
诗文里，
餐桌前，
笔酣，
色浅，
兴至，
醋已备好，
就差一场彼此的成就了。

天心月圆

写生岂止描形象，
涤尽尘埃画乃清。

「尤无曲先生艺术大展，
金陵美术馆。」

腹闹何解

纵使兰陵三千盏，
岂如乡党面一碗。
饿了。

有壶有福

乌龙潭烹乌龙摆清供，
阳美客说阳美道平安。

「金陵壶友雅集，相聚乌龙潭。」

水磨腔调

漫揾英雄泪，
相离处士家。
金陵书家部劲兄的展，
抄昆曲的句子，
饰以草蔓标本，
字眼里有腔，
线条里有调，
笔墨中有味，
鲁智深念阿弥陀的架势。

梅花知己

天与人，不相胜。
闷闷不乐的天，像是在闹情绪，
抵消它的最好方式是煮一壶焙过的岩茶。
读杨和平先生新作，与运峰兄闲聊，
艺术品也是有情绪的，
画家赋予作品的这种能量，
如能使人安静下来，
进而陷入思考，
通常可以认为是一位优秀的画家。
并，此类天气不宜赏画，
最好是组个局，
掼个蛋，涮涮火锅，唱唱歌。

书法身份

身份，即是角色，
知道自己的定位也就明了该做什么，
不能总是说我爷爷多厉害，
祖上多荣光。

身份，是责任，
一代人有一代人的使命，
任何与身份不符的行为，
都是对使命的亵渎甚至犯罪。

天地以和

龠，这个字念 yue（四声），
九千年前最早的乐器（笛子的始祖）的名字。
龠右边加一个禾字为龢（和），
和而不同的和。
左边加一个水部为瀹，
可以煮茶，旋瀹旋啜，
以尽色香味，
中国汉字真一座无穷无尽的宝藏。
塔吉克族的三孔鹰笛，
当地人叫『奈伊』，

阿拉伯地区也有斜吹的吹管乐器，
当地人叫 ney 正是汉语『籁』字的发音，
在汉代的《说文解字》中，
『籁』字正是被解释为『三孔龠』。
于东波说：第一次将它吹响，
浑身上下汗毛孔直竖。
我第一次听到这来自远古的乐声，
即被深深地震撼，
内心被重重地撞击。
听『诸神的踪迹』。

片香遐迩

若没有朱洪武的一纸诏令，
不会有今天的紫砂壶，
或者紫砂壶的今天。
林语堂先生说：
只要有一把茶壶，
国人到哪里都是快乐的。
国人识茶、知茶、爱茶，
风会绵络，至今不衰。
自明代『一改烹点为冲泡』，

饮茶方式发生变革，
从而成就了贵乎金、
比之玉的紫砂茶具。
南京市博物馆年度巨制
『源流·九十九件文物里的南京』，
我推荐的是『吴经提梁壶』。
年初的展，
年尾终于见到了书。

一粥感应

七宝五芝滋味全，
半碗莲汤腹微圆。
寻常菽麦寻常日，
不在天边在嘴边。

「天界古寺吃腊八粥。」

核核美美

松之奇以老，
柳亦澹而文。
如烟，
如酒，
如茶，
如音，
有骨有肉，
有魏晋气。

「玩核桃。」

喜马拉雅

一乘驮经一乘载茶，
半瓯解惑半瓯养心。

「注：古时一车四马谓乘，
故凡物之四数皆名一乘。
肖兄卫国的八马茶室在喜马拉雅的〔栋。」

宝筏度人

世人宜假不宜真，
难度长生上品经。
不免天机重漏泄，
灵丹只是气和精。
吕祖指玄，
养精蓄气，
瘦情正炽，
长宜蜗居。

旧业重操

地道的北方葱油千层饼，
特有的葱香味是它区别于其他普通面食最迷人的气质，
糅杂了五种特殊香料令人欲罢不能，
外皮香脆，内里软韧，
层次分明，葱香四溢，
酥软香糯，香得让你停不了口，
散佚多年的功夫在这段禁足的时间里重又被激活。
据说，
二姨夫年轻的时候，

干得一手漂亮的泥瓦工，
二米多高的院墙，
不需要吊线，
一口气轻松垒起，
如斧劈刀剁甭直，
关键是身上的白衬衫一个泥点都没有，
我姥爷一眼就相中了！
十二张葱油饼成功，
昨夜竟然失眠。

近·贤

金丹有展

三尺讲坛常叹课时短，
一丈卧榻总嫌春梦长。

「黄惇先生笑称金丹于众人处状如『默雷』，
其门生谓课上丹师尝恣意拖堂，
距离双十一不远矣，
欲换凡骨，先脱单吧。」

明心见性

怀雅系于浓淡，
明洁尝见榫卯。

「京华访明怀文化朱昌飞。」

平安无事

闲散无事此静坐，
放棹解缆海中舟。

「王爱军的新巢在北京番茄俱乐部，
打车过去二百多块，远是远了点，
不过真是好处所。」

得其所哉

一曲新词梅花月，
得意凹砚谷雨春。

「京华访一得阁孟繁韶兄。」

钟山问道

依三昧，主持不过念念字；
辨五蕴，书法无非抄抄经。

「岱平、魏晋二兄灵谷寺有展，访传静大和尚，
谒谭延闿陵。朱德玲书家自谦抄书匠，
主持何尝不是念文章？抬头见赵朴老手迹『玄奘殿』匾额，
这里供奉不正是一位『译字』的僧人吗？呵呵！」

晓看红湿处，
云入秣陵家。

「观孙晓云先生写字。」

有情世界

喝茶不多好个色，
看花虽少只为香。

「和阎揆兄短句。」

曲苑流芳

上文可知演义风藻流芳，
下回分解外传遗风犁田。

「评书人单田芳二〇一八年九月十一日下午三点三十分因病去世，
享年八十四岁。人随和，爱抽烟，
台下的单先生很安静，
字写得端庄，如他评书里的定场诗。
十四年前曾访，单先生调皮地端着评书范儿，
操着公鸭嗓大喝一声：呔！
我这里伫候良久，你们姗姗来迟啊。
惹得众人一片大笑……」

明月清风

明人不说暗话，
陈皮最消积食。

「四明山庄陈明兄作品展。」

修学明德

宏旨长短听百啭，
伟论春秋恋芳菲。

「江宏伟先生题赞艺学公益『修学明德』。」

低调奢华

毅厚弘宽山河依旧，
吴代当风独揽江洲。

「吴毅先生大展，金陵美术馆。」

仁者大寿

荷香清露，
柳动好风。
心有大爱，
自得清凉。

「南京慈善美术馆揭牌，
是日金陵溽暑，
谒见九二老人俞律先生。」

后素山房

后果皆因前世爱，
素交都缘累旧功。

「后素山房访张白兄。」

日长心短

铁画银钩日日托钵，
钉头鼠尾口口弥陀。

「冉达兄自解其名，徐徐到达，
每日只做二件事：饲猫，日日富态；
画画，日日精进。冉夫人杨老师说：
冉达的罗汉像他自己。我端详了一下，
确实像！」

六朝烟雨

贪醉半山园，
心念六朝松。

「与薛冰、陈卫新、
寞煜诸师友雅集六朝松茶食空间。」

秋水精神

闻说蛾眉勇冠军，
不劳彤管写灵芬。

「男人写女人多写『色』，若姿或态，再情，盖因『百思不得其解』。态浓意远淑且真，翩若惊鸿，婉若游龙。曾见林散之先生有联语，不俗真君子，下句，多情是女郎，于是联想，女人是老虎，伏虎如调心。呵呵。女人写女人，大不相同，多写『性』，身世如水落，性格似石出，有公案的妙想。偶见女书家萧娴句『自强不息，成德为行』，确是女中大丈夫。」

咫尺青山

持觞长作酒中仙，
点染涵虚青绿间。
非是洛阳薪如桂，
秋旻偏借尺笺看。

「薛亮先生戒酒了，剁椒蒜蓉兑米汤，
腾酒换杯借愁肠。数日前请炙青绿山水一小帧，
今日写成，先生笑曰：此毕生唯一。」

独爱吾真

哪怕只有一件，
吾独爱吾真，
是纯粹为了喜欢，
祛除困惑，
摆脱干扰，
只是喜欢，
独爱山中兰，
一个人看，
一个人享。

「审美这件事，何妨自私一点？另类，特殊，只是别人按照『大众』的标准贴在你身上的标签而已。选一件自己真正喜欢的『小众』，每天一起床，抬头就能看到『她』，看到『她』你就心生欢喜。东篱的画。」

雨过荷香

千荷红翠香中宴，
菡萏人面多婵娟。

「魏晋兄近作展，
兼为宝女周岁置宴，
购砖砚两方。」

无上清凉

尽多燕柳风都是六朝家事，
无限清凉意无非不二法门。

「清凉寺与理海法师问事，素食文化，
祖庭源流，舍利殊胜皆出金陵。」

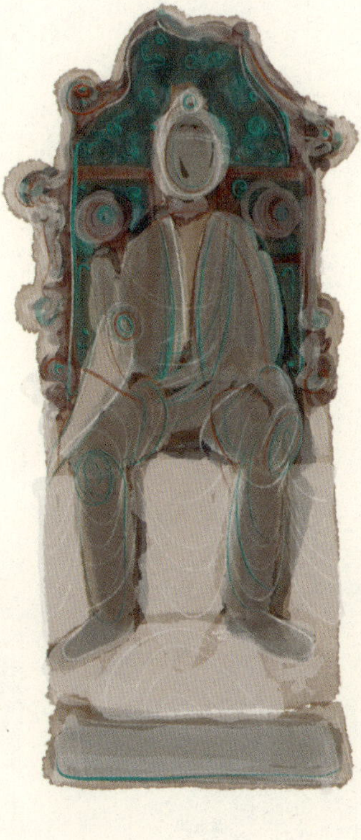

静秀神闲

仙人出宝剑，
我有笔如椽。

「好友许静造字。」

隔壁老王

老王今年六十一，
芳草无害人不欺。
言罢旧雨谈新酒，
才话今夕又何夕。

「宁生同志，又名老王、
王有才、王大爷，
今日冒暑回台看我，
加了微信。」

丹青屏障

才子词人，
自是白衣卿相。
烟花巷陌，
依约丹青屏障。

「与卫新兄同游浦口老山。」

啜罢香生近子夜，
涤尽凡心赴烟霞。

「朱洪武迁民百万入滇，红河州石屏镇，
六百年前南京人有制此饼，名曰『易武』，
陈剑兄烹茶。」

方老千古

方尺世界常把空寂设色，
骏驱山水泣将青绿赋诗。

「挽画家方骏先生。」

予怀渺渺

放眼江山何处是，
裁云手笔自沐心。

「乐泉老师『还书』，案上蒲草杯中酒，
霹雳手段菩萨心。」

秋雨笔墨

溪云到处自相聚，
秋雨忽来人共知。

「雨夜抄经籍，秋窗写大碑。
笔丰藏山远，墨浅唤老妻。
五月廿五日十五时，
中国美术馆，余秋雨先生翰墨展。」

母兮鞠我

暗中时滴思亲泪，
只恐思儿泪更多。

「与管峻兄叙，友询，何谓访问难题？
管兄复，再不敢提父母二字，
灿灿萱草，每念沾巾，望云之情，
泣不能抑。」

幽州梁崎

梁先生走了二十二年了，
人说：
先生是当代八大。
不虞之誉与不虞之毁，
一样的无聊，
梁先生就是梁先生。

无尽山水

潇湘暮雨皆入画笔笔存道，
金陵春霭尽写诗句句不平。

「朱道平先生大展，
金陵美术馆。」

不息变动

『闳约深美』，
是蔡元培先生给南艺的校训。
不息变动，语出刘海粟。
张明兄的解释，生命不息，
折腾不止，一个字，
为艺术而『作』（一声）。

「南艺访张明兄。」

宁影沉璧

不管全世界所有人怎么说，
我都认为自己的感受才是正确的。
无论别人怎么看，
我绝不打乱自己的节奏。
喜欢的事情自然可以坚持，
不喜欢的怎么也长久不了。

「对话画家沈宁。」

一念万念

我已经到了这样的年龄，
十个好消息的兴奋，
不及一个坏消息的哀伤深刻。
与钝夫没有很近的交集，
却有过很近的对话，
他的倔强有如一把钝了刃的刀，
虽不锋利，
却也不影响剁在案板上的爽快。
这样的直率也同样融于他的水墨，
手起刀落，

大块的骨头连着大块的肉，
大快朵颐。
我主持过他的展览，
他有答应过送我作品吗？
我忘记了。
差不多一年的时间，
他似乎人间蒸发了，
谁也不知道他去了哪里，
做些什么，
又发生了什么。
直到今天，
他已经走了……

仁山慧海

既在红尘浪里，
又在孤峰顶上。
与赖永海先生因『大报恩寺佛顶骨舍利』
直播访谈结缘，
谒见星云大师，
亦是先生指引。
获赐先生墨迹一轴，
内容竟是十年前心仪良句，
又『丝路文化研究』一丛，
怎不欢喜心生。

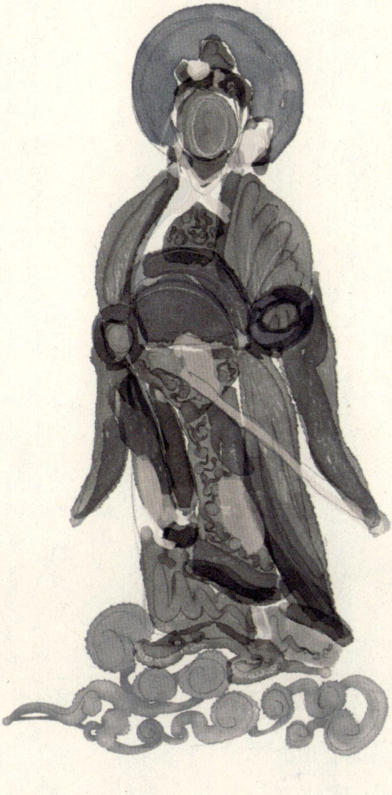

岁华何许

观众还是读者？
因为圆桌派、三人行，
让许氏名声大噪，
许氏读者有十分之一举手？
香港岭南大学中文系许子东教授，
自己都曾感慨，
几十年教书生涯和学术研究成果少人关照，
更多注意的是音频、视频和越界的电视言论。
当然，
这些公众言论，

无疑也是学术自由的一部分。
钱钟书说：
如果你吃了一个鸡蛋感觉不错，
何必要认识那只下蛋的母鸡呢？
如今世道变了，
蛋既得好吃，
还得看到母鸡趴窝。
原计划一个小时的分享，
延出一倍，许先生怕热，
实在辛苦，
活动散，秋雨至。

睡前故事

老牛本姓韩，
叫什么说了三遍我也没记住，
阅历丰富，
女人缘特好。
比较公认的职业身份是情感作家，
经营着一家酒吧，
在『一九一二』名气很大。
老牛身上有一股『绿林气』，

像晚清东北的胡子。
其实呢，
外在的粗鄙就是故意在装扮，
掩饰内心是一个良家妇女的事实。
新书《谢姑娘不嫁之恩》上架，
又张罗着整了一款精酿啤酒，
这股子折腾劲，
让人又心疼又佩服！

风堂晨话

嘉樾郁北墉，
磷缁藏南畴。
从来没有热点，
更没有话题，
一个人悄没声息的写字、画画、吟句。
只有在斫砚的时候，
崩裂和琢磨的声音才会从那一隅狭窄中冲出，
顷刻间将之前所有的安静啮噬，
像暴雨将至雷和电的交响，
交响名——风堂的砚，
他叫章嘉陵。

「访大隐章嘉陵先生，又名嘉磷。」

形影相守

我喜欢跟高手对话，
能让我测量出自己的贫瘠、粗糙和弱小，
如果是交锋，输得心服口服。
如果是交流，不打自招。
如果是交易，我愿意赔本交心。

「见逢小威先生人物肖像摄影作品。」

父犁子耕

收起折叠圆桌的四个边角，
还嫌拥挤，
一个研墨，
一个码字，
左边是父，
右边是子。
搬过几次家，
客厅木钟的位置始终未变，

厨房里切菜、
炝锅的烟火与木钟打点的声音，
每天约定好准时汇合到一起。
母亲撩开门帘，
揉擦着围裙唤一声，
把桌子腾出来，
开饭了。

「宋羽兄生于高邮，
笔墨是其事业，职业竟然金融，
感谢馈赠大作《笔墨江湖》，
我遥想那个场景。」

梅骨冰胎

与梅冰相识，
已然记不起何时何地，
更不必缘起，
我们都在努力拼凑回忆，
发现众多的线索和片段如同蜿蜒在青瓷身上的冰裂纹一般，
每一条线都连着另一条，
既无法找到开始，
也就无法预知结束，
或者说，
每一条线索都会让我们连到一起。

文禽奇翼

『巧笑倩兮，美目盼兮』
《诗经》里描写女人的句子，
眼睛漂亮也就罢了，还要『盼兮』，
顾盼生姿，道是无情却有情。

「立奇的眼睛很大，
睫毛很长，
大多数沉默的时候，
说不出心事的样子，
怔怔地望着某一个方向。」

梦逐魏晋

他们享受在乡间小镇的每一寸时间，
春日上山采制茶叶，
初夏摘了杨梅酿酒，到了秋天，
小院里种满『高老师喜欢吃的』
和『朱老师喜欢吃的』时令果蔬，
昔年谁系鸳鸯扣，
今朝同看夕暮秋。

乐而不厌

欲求世外无心地，
一扫胸中累劫尘。

「喜欢乐乐老师的真实，擦枪走火，格格不入，
甚至误伤同类，用她的话说『鸡立鹤群』。
一起分享那些画家的趣闻，
从傅抱石、吕凤子到周京新、李孝萱、江宏伟、李老十。
沈勤人好，本分；潘东篱的画有点『小邪恶』；
真想把这些对话偷偷地录下来。」

见我本心

身体发肤受之父母，
自然是『重器』，
悬发以励志，结发以盟誓，
断发以斩情，铲发以问刑。
以至于北方有句隐语，
形容一个人不好训导『我倒要看看你这个头有多难剃』！
我特佩服一类自己给自己剃头的人，
犹如自己革自己的命，
『还我本来面目』我是谁？
犹见老郜一幅字写得好——『棒喝』！

「祝贺仲、郜二人展功德圆满。」

戏比天大

她是谁？五岁登台，
九岁挑梁。
女演男，京昆梆，文和武，跨行当。
对待艺术她眼里不揉沙子，
生活中她心如止水。
戏剧大师曹禺曾说：
裴艳玲是人间国宝。
濮存昕说：裴先生，那是一个传奇。
先生与家母同年肖猪，
与我同乡，相识十五载。

「中国文联，中国戏剧家协会主办裴艳玲先生七十华诞《裴先生》出版座谈会，濮存昕、白燕升等在座。」

曾氏名翔

庙堂之上，
突然有人大吼了一嗓子，
犹如习惯了懒床的婆娘被喝醒了春梦，
总是要给你点颜色瞧瞧！
要出名，先出事（语出郭德纲），
写到恣肆酣畅处，
忽然绝叫三五声，
满壁纵横千万字，
叫二声就叫二声吧，
竟然山鸣谷应。

太古遗音

自古清高无俗尚，
从来文雅即风流。

「清凉画馆遇书家徐利明先生，
顾颖兄示出庋藏三种——清道人悼文手卷，
陈含光引首；胡光炜书赠卞孝萱三开一帧；
游寿致傅斯年信札一通，顾氏雅称『人参贴』。
书法及至民国，尤以文人学者一脉接续正统，
书即情之所溢，法则独舒灵性。」

传芳千祀

江左宗匠，西蜀名师。
德高望重，神清骨奇。
被植后学，桃李盈枝。
积健为雄，有真内美。

「浙江寿猛生先生寄来巨作《吕凤子》。」

我梦扬州

扬州梦里有书法梦的寻根，
书法梦里有扬州梦的问祖。

「每个心里都有一个『扬州梦』，
不只是烟花三月运河两岸的景致，
更有故土的思念、诗意的乡愁。
思念和乡愁魂牵在梦里，付诸文字，
洋溢在水墨。中国书法是中国文化的活化石，
取法对象之中既有中国文化的哲思，
也浸润着家国情怀的思念和乡愁。
四月一日，黄惇先生作品展，扬州。」

偶作酒奴

独酌不如众饮，
少许好过多许。
最喜欢跟薛老师喝酒，
也最不敢……

苦行探道

苦吟不倦鬓成霜，
行险如夷师太行。
探渊溯流妙所住，
道在会心乐未央。
十年后又见同乡贾又福先生。
肃宁，
隶属于沧州地区，
肃字，念『许』。

「金陵美术馆，
苦行探道，贾又福师生展。」

榫卯人家

问一声知否，
木千尺怎说？

「造访南通问木堂。」

学在桥下

二十四桥明月夜，
董桥，
是哪座桥？
路转溪桥见。
恭喜董桥先生获得『华文世界华人文学奖』。

林泉澄艺

裁锦补霓裳，
调弦啜林泉。

「访江南书画装池修复大家吴林泉先生。」

筠海泛舟

剥下蓝衫出云岫，
裁断瑶笙做留青。

「访留青竹刻名家沈华强先生。」

春华秋实

好吧，那实在是一间漫溢着烟火气的杂货铺，
室内感受不到季节的嬗变，
白天也是晚上的调子，
那只随时出没的猫闲庭信步，
大摇大摆的踱来踱去。
确切地说因为杨春华，
我约略知晓一点点关于版画的知识，
春华的家十来年就没变过样子。
我喜欢驻足在乱七八糟的墙前面，
看那些镜框里的花花绿绿的小画片。

问：林散老当时如何看待艺术品市场？
答：散老哈哈大笑，
我的字可以卖钱了，
以后我可以养着你们了！

「纪念林散之先生诞辰一百二十周年，
对话散翁门下桑作楷。」

言为心声

河殇，北京人，人民万岁。
二十年前出道之时，
他的作品令人魂牵，
他名字叫我神往，张家声。
老爷子八十二，
大我一倍，
地道的沧州老乡，多斯提。
十二岁讨饭，
十五岁考入初三，

做了三年教员，
以倒数第二的成绩考入北京回族学院
（如今的北京回民中学），后考入中国戏剧学院，
老爷子说：
彼时不知戏剧为何？
什么不会就学什么，老天爷赏饭，
偏偏又学什么像什么，门门五分。
『没别的，认真两个字』！

「诗会彩排，聊记数行。」

老骥伏枥

八十二岁，整整大我一倍的年龄，
能活成王老，没几个人，
大多数变成老王了。
耳朵有些背了，
不该听的可以权当听不见，
提到老家沧州，
一下热络攀谈起来。
长者王蒙先生与我同乡，

状态较十数年前初见似更胜一筹。
游泳，写作，交游，
每天的日子安排的妥妥当当，
不疾不徐，
临睡前还要在朋友圈里晒晒自己的走步记录。
对话拾得一联『人无媚骨何嫌瘦，
家有诗书不算穷』，
语出一百〇三岁老作家马识途先生，
正合我意。

泉清石白

茶能醉人何须酒，
对于茶酒兼修，
既醉过酒也醉过茶的我来说，
简直荒谬，醉过，罪过。
个人体质，能量大小，
彼时心情等都是造成『醉过』的诱因，
人们之所以主动选择『醉过』的理由，
无非放自己一马，算了，认醉。
茶之浮沉冷暖，
酒之清醒迷幻，

尝喻作人，或人生。

拜会梁白泉先生，

即是醉过一次，因人而醉。

既定的路径，

总是在不同的视线分野中，

迷失了自己到底是来做什么的，

那就看风景吧，

地理，人文，宗教，考古，

中西，南北，上下，体用。

吾愿认醉，

好的世间享用，

总令人着迷并期待再来一盏。

最吉祥处

阅不尽栖霞秋景，
处处吉祥；
诵不完摄山诗篇，
句句弥陀。

「栖霞寺访隆相大和尚。」

游响停云

『艺术家要淡定，
家里有仓心里就有底气，
仓里无粮就去耕地、
就去播种。
好「籽料」谁不喜欢？
那是经历了从山顶跌落到水底，
以粉身碎骨的生命状态沉淀下来的最结实的核。』
去年响铃是同我一起去见周京新先生的，
我们竟已结识了五年。
想到周氏的话，
又瞬间想到了响铃，

我执意劝他做展览，
到南京来，出名要趁早。
他都选择了嘿嘿一笑，
然后『躲』回到常州的工作室，
慢悠悠地养草、刻印、写字，
一副『卧龙岗散淡人』的样子。
我喜欢响铃温吞吞、
喜滋滋的样子，
用周氏的话说，
那就是一份安然和淡定吧。

望古心长

一线生机背后的『情色』令其趣味横生，
所谓情色非现在人一味好色，
而重在于情，有情即有色，
情者境界也，况乎真感情，
当为一颗赤子之心。

「李孝萱先生新作。」

拓园千古

立夏生凉意，
白云无尽时。

「挽书家乐泉先生。」

雨打芭蕉

东阁闲吟凤管清，
枝粗叶大性多灵。
从来都是仙家物，
裁减春愁写素屏。

「『昨夜雨洗春气清，晨起格物犹有灵。
阴阳同体轮回物，肉芽抽出枯茎心。』
张友宪先生发来《咏芭蕉》新句。和一首。」

安若泰山

江宁曙莺啼寒近，
牛头山下柳枝新。
天涯孤棹心相忆，
九间堂上又始春。
君有奇才弟不贫，
负暄享静水流深。
降龙伏虎何曾惧，
见性明心自锻金。

「张友宪病愈，九间堂请安。」

非同寻常

浮生何如梦，驰影似春愁。韩非兄的展，
名约『浮生记』。
非兄与我年龄仿佛，
比起他的讲究，
我不知道逊色多少，
工笔画是个精细活儿，
人说书如其人，画亦然。
非兄有诗才，
尝填词弄句颇有古风，
这在同辈中是少见的，

诗性这个东西，
对于一个绘事而言，
太重要了，没有她，
就呆滞、荒率、
苍白，有了她便会生出不可言说妙用。
他的左右开弓（左右手都能写、能画），
还有那一撇精致的胡子都是我想记下来的素材，
欠他一篇文字，
我需要再读他。

慧性灵心

喻理寄情真手段，
慧质松姿妙文章。

「观喻慧老师绘团扇。」

声声不息

叶嘉莹先生说：
中国的诗词倘若不读出来，
便失去了一半的灵魂（大意）。
识，读，诵，写，行，
一笔一画，
一言一行，知行合一。

「孙晓云先生行书《中国赋》出版，
嘱我牵头邀来演播界任志宏、长啸、高英、
董蓓、夏青、傅国等各选录一篇，以尽声色之美。」

智勇双全

隋文帝杨坚长子叫杨勇，
史载其人宽仁和厚，
无矫饰之行，后被赐死，
追封为房陵王。
开国上将有一位杨勇，
军史谓『三杨』之一，
智勇双全才，
身经百战，战功赫赫。
在南京，我认识两位杨勇，
一位执业律师，隐形大藏家。

另一位，

便是这位有些自恋的青年艺术家——杨勇。

优秀的人大多自恋，

杨勇的自恋非愤世，亦非恣肆。

而是孩子一样，

不假掩饰的傲娇，

一边举着茅台掩饰腼腆积极入世，

一边拿起画笔涂抹性灵企图逃离。

优秀的艺术家又都是矛盾的，

下一秒便会推翻前一秒的念头，

酒后的杨勇更可爱。

放松些，自在些，糊涂些。

一脚泥巴

抟泥得真趣周而不比，
写意抱素心无欲则刚。

「紫砂雕塑家周刚，相交二十年矣，
他的愚笨、执拗，让他苦了好一段时间。
他依然坚持自己的路，不为市场的风向所动摇。
他的作品真诚、温和、静穆。
我说你已经将自己练成一块好泥巴。」

俱怀逸兴

乃文乃武凭神敏，
吟平诵仄奏黄钟。

「贺朱敏、朱斌、汤志平三人书法展。」

天上有云

有相皆虚妄，
无我真如来。

「金光禅寺访道生法师。」

大丰心间

友人跟我说：
一个人有没有名气，
很简单，
电脑输入，
如果拼音能够自动生成，
那就一定有名。
新建，老朱，
朱老师，朱老，
朱先生，
我们的故事里也一直有他，
时不时的，聊着聊着，
就绕到他那去了。

众芳所在

萧然尘外艺海泛棹六十载，
平治天下高岑抉隐三百年。

「十三年前转至南京工作生活，
萧平先生是我拜访的第一位艺术界前辈。
他是鉴定泰斗徐邦达先生高足，
是中国古代书画传统鉴定学科最完整的接续者，
『江南一眼』是十数年前业界的赞誉，
诗书画、史鉴藏集于一身，饱学饱德，古心古貌。」

一派天真

山水人物花鸟三副眼镜，
雪霁虹霓眠云秋水文章。

「与高云、江宏伟、薛亮三位先生吃酒。」

赵老千古

忠志荧屏八万里声播天下，
祥正艺苑五十载名垂九州。

「春天来了，
这是一个万物复苏的季节……春天在哪里？
挽赵忠祥先生。」

兰言如茗

忽闻叠翠摇牛铃，
且看庵中金字经。

「言恭达先生为金光禅寺题额，
为金牛禅茶题耑。」

写在后面的话

一本书，开篇的文字如是一条领带，写在后面的话，即应该是一双鞋子，好比一个人站在人群里，总不能光着脚吧？我们固然知晓没有人太在意你穿的是什么。主持活动站到舞台上之前，我是一定要将衣服熨烫过一遍的，鞋子擦擦亮，西装老早不穿了，一件新中式黑色的外套穿了大概有十年？其实，庄严自己即是对对方最好的尊重，我经常这么想，在这个问题上可以讲究一些，跟贫富没关系，活着，得有个样子。

作者是这本薄册子的父亲，母亲则负责装扮。如果是个女孩儿，就想着法子的，今天编个小辫儿，明天扎个蝴蝶结。男孩子嘛，干净就行了，别太邋遢。内文中插图，好比姑姑买来的衬衫，或者小姨添置的卫衣。鞋子还是要自己买，只有自己试过才知道合不合脚，于是这个时候站在你面前，不是为了逢迎你的夸赞，孩子自己的状态都是不一样的，他身上穿的都是爱呢！

《学识几行》不是这本册子最初的名字，文字体量舍去了三分之二，短句，留下，长一点短篇的通通干掉了，留待以后有时间再慢慢拾掇。今天的人们大多讨厌脂肪、煲汤的话，太瘦却也是没有滋味的，所以，这本册子里的文字既没有鸡汤的味道，也没有『知识口香糖』的嚼劲，如果令你失望了，那就看看他的发型、衬衫和卫衣吧。

越是沉湎于科技快感带来的愉悦，越是很难沉下来跟自己的心说说话，册子里的都是我在跟自己说话。自律的人大多与科技产品保持一定距离，避免陷入科技咒语中，我也想这么做，所以每天除了瞎琢磨和忙过活，我都会写写毛笔字，读两行没用的书。我会刻意地把手机捂在口袋里，站在马路边看来来往往被手机牵着遛地行人，看着他们如何在各种监控探头的覆盖下无处遁形地穿梭或游荡。我也会待在书房里发发呆，听窗下的车流，像是海水按照自己的老态的样子在荡漾，偶尔几声喇叭的尖叫，像是低飞的海鸟在呼唤着什么，书房的位置在九华山下北京东路的一处，《学识几行》里的文字基本上都是在这里完成的。

丰子恺先生在《晨梦》一篇中说：在我们以前，人生已被反复了数千万遍，都像昙花泡影地倏现倏灭。大家一面明明知道自己也是如此，一面却又置若不知，毫不怀疑地热心做人。是的，一切皆是虚妄，身上的衣服，脚下的鞋子，身边的爱人，眼前的文字，想到这些常生出两个念头，得过且过或勇猛精进，而转念一想，与其糊涂到死，何妨提起十二万分的勇气活得精彩呢？《学识几行》中的文字，即是两个『我』角力的对话，到底，我是想寻一点『有意思』的事情，活得精彩些呢。

最后，要谢谢《学识几行》的爷爷奶奶，姥姥姥爷，七大姑八大姨，江苏凤凰美术出版社陈敏社长、王林军副总编辑、设计师曲闵民先生，艺术家鲁大东先生，画家冉达先生，篆刻家李建隆，等等。哦，还有你。

周学 2021 年 3 月于南京

图书在版编目（CIP）数据

学识几行 / 周学著．-- 南京：江苏凤凰美术出版社，2022.1
ISBN 978-7-5580-9507-8

Ⅰ．①学… Ⅱ．①周… Ⅲ．①随笔－作品集－中国－当代 Ⅳ．①I267.1

中国版本图书馆 CIP 数据核字（2021）第 265089 号

策　　划　王林军
责任编辑　曲闵民
书籍设计　曲闵民
责任校对　吕猛进
责任监印　张宇华

书名　学识几行
著者　周学
出版发行　江苏凤凰美术出版社（南京市湖南路 1 号　邮编 210009）
制版　南京新华丰制版有限公司
印刷　南京爱德印刷有限公司
开本　787mm×1092mm　1/32
印张　14
版次　2022 年 1 月第 1 版　2022 年 1 月第 1 次印刷
标准书号　ISBN 978-7-5580-9507-8
定价　138.00 元

营销部电话　025-68155675　营销部地址　南京市湖南路 1 号
江苏凤凰美术出版社图书凡印装错误可向承印厂调换